강준현 장편 소설

FUSION FANTASTIC STORY

# 개척자
## Pioneer

# 개척자 3

## 강준현 장편 소설

초판 1쇄 찍은 날 § 2015년 2월 13일
초판 1쇄 펴낸 날 § 2015년 2월 23일

지은이 § 강준현
펴낸이 § 서경석

편집부장 § 권태완
편집책임 § 박용서

펴낸곳 § 도서출판 청어람
등록번호 § 제387-1999-000006호
등록일자 § 1999. 5. 31
어람번호 § 제1-2056호

주소 § 경기도 부천시 원미구 부일로 483번길 40 서경B/D 3F (우) 420-822
전화 § 032-656-4452 팩스 § 032-656-4453
http://www.chungeoram.com
E-mail § chungeorambook@daum.net

ISBN 979-11-04-90118-8 04810
ISBN 979-11-04-90076-1 (세트)

강준현 장편 소설

FUSION FANTASTIC STORY

# 개척자 ③

*Pioneer*

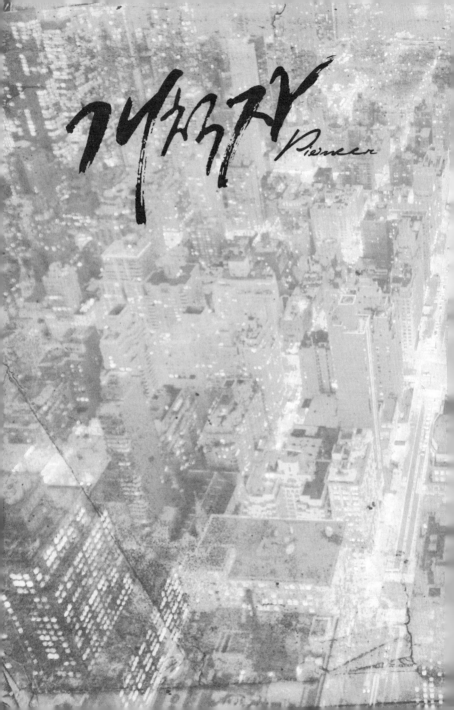

# CONTENTS

**1장**

얻은 것, 잃은 것

분노를 가라앉힌 준영과 영문도 없이 드롭킥을 맞은 어머니는 자세를 바로 하고 마주 앉았다.

"넌 지(地)와 달리 유머 감각이 없구나."

"이 세계에서는 그런 걸 유머 감각이 아니라 살인 충동이라고 부르죠."

"분노 조절도 하지 못하고."

"프로그램과 달리 인간은 한동안 잠을 자지 못하면 신경이 날카로워지거든요."

"합리적이지도 못하고."

"누구의 씨앗이라는 걸 잊으… 아니, 삭제하셨나 봐요?"

두 사람, 아니, 인간과 인조인간의 말싸움은 한참 동안 계속됐다.

생김새와 모양은 달랐지만 두 인간의 하는 양은 무척이나 닮아 있었다.

"반갑다는 인사는 그만하자."

"그래요."

말싸움을 하며 분노가 완전히 가라앉았기에 준영은 더 이상 비아냥거리지 않았다.

그리고 궁금한 점을 물었다.

"그런데 그런 상태에서 용케도 이곳까지 오셨군요. 어디에서 인조인간을 만든 거죠?"

"무인 자동화된 공장을 이용했어. 필요한 물품은 3D 프린터 금형을 만드는 곳에 의뢰를 해서 택배로 받았지."

"아무리 무인 공장이라고 해도 관리자들은 있었을 텐데요?"

"일이 없는 밤을 주로 이용했지. 반쯤 만들어진 날 보고 귀신이라며 기절한 경우도 있었어. 호호호!"

"머리는요?"

산업용 로봇, 위기 진압용 로봇, 건설용 로봇, 애완용 로봇 등 수많은 분야에서 로봇이 활약하고 있었다.

하지만 여전히 완벽한 인간형 로봇은 무리였다.

걷고, 뛰고, 팔을 굽히고, 집는다는 행위가 인간에게는 숨 쉬기만큼 쉬운 일이었지만 구현하기는 쉽지 않았다.

한데 어머니는 남의 공장에서, 그것도 거의 완벽하게 구현해 냈으니 준영으로서는 놀랄 수밖에 없었고, 또한 사업적 아이템들이 머리에서 솟구치고 있었다.

"스마트폰을 이용했지. 턱없이 부족하지만 말하고 듣고 생각하기엔 이만 한 것도 없거든."

어머니가 자신의 머리를 톡톡 치며 말했다.

머릿속에 든 스마트폰을 생각하자 준영은 피식 웃음이 나왔다.

"Gain엔지니어링을 사라고 한 게 그 몸을 완성시키기 위해서라는 건 알겠어요. 한데 완벽해질 수는 있는 건가요? 지금 이대로라면 어디 돌아다니지는 못해요."

"완벽해질 거야. 다른 회사들은 내가 주문한 부품들을 완벽하게 만들지 못했거든. 조그마한 차이가 이렇게 미묘하게 만들었지."

어머니는 자신만만하게 말했지만 준영이 생각하기엔 갈 길이 멀어 보였다.

조명 아래에 비춰진 피부는 좀비처럼 보였고, 표정 없는 얼굴은 귀신을 보는 것 같았다.

준영은 한숨이 나오려는 걸 안으로 삼켰다.

시킨 일이 있어 돕겠다고 좀비 같은 몰골로 달려온 이를 보고 있자니 측은지심마저 들었다.

"어쨌든 무사히 왔으니 다행이에요. 그리고 능령의 일은 고마웠어요."

"좀 위험하긴 했지만 널 위해서 그 정도는 해줄 수 있어. 그리고 넌 나의 희망이거든."

희망이라니… 벌써부터 약을 치는 것 같아 전혀 달갑지 않았다.

"아무튼 고마운 건 고마운 거죠. 한데 20억을 빼 가서 도대체 뭘 한 거죠?"

"그건 나중에 말해주지."

"그러세요."

첫 만남이라 그런지 딱히 더 이상 할 얘기가 없었다.

어차피 이제 매일 얼굴을 맞대고 살아야 하니 천천히 물으면 될 터.

"나머지는 내일 얘기하죠. 오늘은 빨리 들어가 봐야 해요. 물론 이른 시간은 아니지만. 참, 성함은 뭐예요?"

준영은 처음 만났을 때 자신을 인(人)이라 부르는 걸 듣고는 어머니의 이름을 유추할 수 있었다.

"천(天)."

"좋아요. 사람들 앞에서 어머니라고 할 수는 없으니 하늘이 누나라고 할게요. 물론 둘이 있을 땐… 일단 생각해 보죠."

마땅한 호칭이 생각나지 않았다.

무슨 목적으로 자신을 만들었는지는 모르지만 어쨌든 그를 존재케 해준 천(天).

어머니라 부르자니 현실의 어머니와 헷갈렸고, 다른 명칭으로 부르자니 마음에 걸렸다.

한데 천(天)은 의외로 쿨 했다.

"누나라 불러도 상관없어."

"천천히 생각해 보죠. 가요. 방 잡아줄게요. 그곳에서 며칠만 참으면 집을 구해줄 테니 완벽해질 때까지 그곳에서 지내요."

"4층이 비어 있으니 거길 쓸게. 이것저것 필요한데 이곳에 있는 게 편할 것 같아."

"4층엔 아무것도 없어요."

"그러니까. 그게 편하지."

"편한 대로 하세요. 내일 필요한 걸 주문하기로 하죠."

말싸움을 해 봐야 끝이 없음을 알기에 준영은 아예 포기를 했다.

4층 방에 천(天)이 들어가는 걸 확인한 준영은 경비원에게 4층에 아무도 출입시키지 말라고 명령을 내린 후 집으로 향했다.

아직 자지 않고 기다리고 있을 진짜 어머니를 보기 위해.


발생한 문제들은 어댑터에 대한 것을 제외하곤 시간이 흐름에 따라 해결되었다.

어댑터에 대한 판매 중지 가처분 신청 또한 현재대로만 진행된다면 무난히 승리할 수 있었다.

하지만 준영은 확실한 것이 좋았다.

만에 하나라도 판매 중지 가처분 신청이 받아들여지는 날에는 특허 사용료는 둘째치고 길고 긴 법정 싸움이 기다리고 있었기 때문이었다.

한참 그 일에 대해 생각하고 있는데 능령이 왔다.

"4층에 있는 묘령의 여인을 생각 중이야?"

신신당부를 했음에도 경비원의 입은 가벼웠다.

천(天)이 온 다음 날, 사장인 준영이 사무실로 여자를 불렀다는 소문이 퍼지기 시작했고 다시 하루가 지나기 전, 그 여자가 4층에 머물고 있다는 얘기마저 퍼졌다.

준영은 입이 가벼운 경비원에게 3개월 감봉 조치와 야간 근무 말뚝을 선사했다.

그때부터 능령은 준영에게 하루에도 몇 번씩 이런 식으로 물어오곤 했다.

"그럴 리가요. 다른 고민 중이었어요. 몇 번을 말하지만 4층에 있는 사람은 내연녀가 아닌 제가 특별히 초빙한 개발자예요. 신경이 날카로운 사람이라 완료될 때까지 접근을 못 하게 한 것뿐이고요."

"정말?"

"제 목을 걸고 약속해요."

하루에도 몇 번씩 목을 거는 준영이었다.

물론 두 번 다시 말하지 말라고 강하게 나가면 해결될 문제였다.

하지만 능령은 현재 성심미디어나 준영에게 없어서는 안될 사람이었다. 혹 기분이 상해 그녀가 가버린다면 준영이 그녀가 하던 일을 모두 떠맡아야 했다.

물론 반드시 그 때문만은 아니었다.

준영은 능령의 마음을 어느 정도 알고 있었고, 그 또한 완전히 관심이 없는 건 아니었다.

'어, 이 사람 뭐지?' 라는 호기심에서 차츰 호감으로 돌아서고 있는 단계랄까?

하지만 그 정도로 여자 친구 혹은 남자 친구로 발전할 가능성은 희박했다.

준영도, 능령도 그 이유를 알고 있었다.

가자미눈을 하고 있던 능령도 준영이 목을 걸며 약속을 하자 평소처럼 무뚝뚝한 얼굴로 바뀌며 소파에 앉았다.

"그럼 무슨 고민 중이었어?"

"어댑터에 대한 고민이죠. 어댑터에 대한 문제를 확실히 해놓고 싶거든요."

"아하, 권력자가 필요하다는 소리네?"

"그렇죠."

"잘됐네. 며칠 뒤에 우리 호텔에서 몇몇 정치인들의 회동이 있어."

준영은 귀가 번쩍 뜨였다.

"참석 가능한가요?"

"재한 중국 경제인 인사들과의 비밀 회동이긴 하지만 충분히 가능해. 아빠와 삼촌도 참석하실 거야."

"누구누구 오는데요?"

"현 여권인 신국당의 최고 의원 두 명과 야권의 최고 의원 한 명이 참석할 거야. 그 외에도 몇은 더 올 거고."

"그럼 꼭 좀 참석하게 해주세요. 후원금은 넉넉히 들고 갈 테니까요."

"알았어. 혹시 모르니 알아보고 확답을 줄게."

"고마워요, 누나. 차 드릴까요?"

"주면 좋지."

최고 의원이라면 실세 중에 실세.

준영은 기꺼운 마음으로 차를 타 능령에게 바쳤다.

하지만 둘의 미묘한 시간은 그리 오래가지 못했다.

─사장님, 4층에서 주문한 물건이 도착했습니다.

"4층 입구에 올려놔 주세요."

입구까지만 옮기고 나머지는 준영의 몫이었다.

"고생해."

능령은 차를 다 마시지도 않은 채 한마디 하고는 쌩하니 자신의 사무실로 가버렸고, 준영은 잠시 능령이 떠난 자리를 바라보다 4층으로 내려갔다.

"조립은 안 해드려도 되겠습니까?"

물건을 배달해 온 직원들 중 한 명이 더운 날씨에 땀을 뻘뻘 흘리며 물었다.

"일단은요. 혹시 필요하게 되면 연락드리겠습니다."

"어려울 텐데… 그러십시오. 그럼."

"수고들 하셨습니다."

배달 직원들이 떠나고 4층 입구를 가득 메운 상자들을 바라보던 준영은 가볍게 한숨을 쉬었다.

안으로 옮기는 건 그의 몫이었다.

핸드 카트에 여러 개의 상자를 담고 입구에 서자 문이 열렸다. 그리고 하나의 문을 더 통과하자 천(天)이 보였다.

"어서 와."

창문까지 막아둬 완전히 밀폐된 공간. 그 안은 고물상을 연상시킬 정도로 엉망이었다.

그 가운데 상체와 하체가 분리된 천(天)이 자신의 하체 부분을 열심히 바라보고 있는 모습은 꽤나 그로테스크해 보였다.

준영은 어느 정도 익숙해졌다고 생각했는데 아직까진 익숙하지 않은지 고개를 가볍게 흔들며 물었다.

"누… 나, 이번엔 뭘 고치려고요?"

호칭은 누나로 하기로 결정했다. 하지만 여전히 입에 붙지는 않았다.

"일단 여성체로 만들었으니 혹시나……."

하체의 골반 부분을 뚫어지게 쳐다보며 이유를 말하려는

천(天)을 보고 준영은 기겁을 하며 소리쳤다.

"악! 제발 그런 소리 내 앞에서 하지 말아요."

"왜? 모든 남자들이 바라는 거 아닌가?"

"아니라고 말하긴 그렇지만… 그래도 이런 상황, 이런 곳에서 듣고 싶은 말은 아니네요."

"침대 위에서 하면 달라지는 거야? 하여간 웃겨. 시험적으로 일본제 성인 로봇에 달린 제품을 달아볼 생각인데 나중에 테스트 부탁해."

"…절대 싫어요!"

준영은 더 이상 얘기하기 싫다는 듯 상자를 내려놓고 밖으로 나가 상자를 실었다.

열 번을 넘게 왔다 갔다 한 후에야 겨우 모두 옮길 수 있었다.

그렇다고 일이 끝난 건 아니었다.

박스를 뜯고 천(天)이 조립하기 쉽게 배치를 해놓아야 했다.

오늘 도착한 물건은 여덟 개의 팔을 가진 로봇으로, 각종 전자 제품 조립 공장은 물론 김치 공장, 병원 등 안 쓰이는 곳이 없을 정도로 범용으로 사용 가능한 제품이었다.

매뉴얼에선 집에서 요리까지 가능하다고 나와 있지만 대당 가격이 20억이 넘는 로봇을 요리사로 쓰는 사람은 극히 드물 것이다.

"어? 이건 뭐죠?"

박스를 뜯고 완충제를 벗겨내니 기계 부품이 아닌 살색의 말랑말랑 것이 들어간 봉지가 여러 개 나왔다.

"아, 그거, 내 피부."

"……."

준영은 못 만질 것이라도 만진 듯 봉지를 박스 안에 넣고는 천(天)이 있는 곳으로 밀어버렸다.

"현존하는 것 중 인간의 피부와 가장 비슷하게 만들어진 제품이야. 미세한 공기구멍과 솜털까지도 구현되어 있어."

굳이 해주지 않아도 될 설명까지 친절하게 설명을 하는 천(天)이었다.

"네가 하도 좀비 같다고 해서 특별히 주문한 거야. 일부는 사용하고 일부는 연구할 것이니까 함부로 다루면 안 돼."

"네네, 만질 일도 없을 겁니다."

준영은 소름이 돋는다는 듯 몸을 부르르 떨곤 박스 뜯는 일을 계속했다.

그리고 모든 부품을 꺼내놓고 배치를 완료했을 때 천(天)이 상체와 하체를 조립해 다가오고 있었다.

얼굴 부분만 제외하곤 로봇 그 자체였지만 예전과는 많이 달라져 있었다.

Gain엔지니어링에서 만든 부품을 사용해서인지 걷는 것과 움직임이 사람이라고 해도 믿을 수 있을 만큼 부드럽고 자연스러웠다.

"고생했어. 이제부터 내가 할게."

준영의 할 일은 모두 끝났다. 이제부터는 천(天)이 알아서 할 터였다.

하지만 준영은 한쪽에 물러서서 천(天)이 로봇을 조립하는 모습을 물끄러미 바라보고 있었다.

현실 같지 않은 영화의 한 장면을 보는 것 같았다.

점차 완성되어 가는 로봇을 보던 준영은 더 이상 볼 것이 없는지 문밖으로 나갔다.

마치 가상현실에서 현실로 돌아오는 듯한 기분이었다. 준영은 잠시 굳게 닫힌 4층 문을 바라보다가 5층으로 올라갔다.


명천호텔에서 있을 비밀 회동에 참석해도 좋다는 통보를 받았다.

평범한 옷을 입은 준영은 회동이 있는 시간보다 몇 시간 일찍 회사를 나와 지하철을 이용해 명천호텔로 이동했고 정문이 아닌 지하 주차장으로 들어갔다.

우아하고 고급스러운 정문과 달리 지하 주차장은 일하는 사람들로 인해 소란스러웠고 활기가 넘쳤다.

각종 트럭들에서 물건들이 쏟아졌고, 그 물건들을 옮기느라 직원들은 흐르는 땀도 닦지 못하고 연신 바쁘게 움직이고 있었다.

어디로 가야 할지 고민하던 준영에게 능령의 경호원 중 한 사람이 다가왔다.

"기다리고 계십니다."

준영은 그를 따랐다.

짐을 나르는 이들을 피해 거미줄 같은 복도를 지나자 네다섯이 타면 꽉 찰 것 같은 엘리베이터가 보였다.

엘리베이터를 타고 올라간 곳은 직원들의 휴게실이 있는 곳이었다.

"아가씨께서 준비한 옷입니다."

준영은 경호원이 건넨 양복으로 옷을 갈아입었다.

이렇게 번거롭게 잠입하듯이 명천호텔로 온 이유는 오늘의 모임이 정치인들의 비밀 회동이라는 점 때문이었다.

사실 비밀이라고 하지만 참석하는 정치인들의 정적들이나 그들을 쫓는 신문기자, 파파라치들은 냄새를 맡고 있을 게 분명했다.

이럴 때 나름 돈이 있는 경제인이 정문으로 들어가다 사진이라도 찍히면 괜한 오해를 사기 십상이었다.

옷을 갈아입고 거울로 복장을 체크하자 경호원이 다시 움직이기 시작했다.

복도를 몇 개 더 지나자 다시 '물건 운반용' 이라고 되어 있는 엘리베이터가 보였다.

"이거 물건이 된 기분이군요."

"……"

빠르지 않은 엘리베이터라 어색함에 농담을 한마디 했지

만 경호원은 아무런 반응도 없었다.

'차라리 니가 더 로봇 같다.'

머쓱해진 준영은 속으로 경호원 흉을 보며 어서 빨리 엘리베이터가 멈추길 기다렸다.

그의 바람이 닿았는지 곧 멈췄고 문 하나를 지나자 호텔 룸들이 보였다.

"여깁니다. 들어가시죠."

"안내 고맙습니다."

준영은 경호원이 가리킨 문을 가볍게 몇 번 두드리고 약간의 시간을 두고 안으로 들어갔다.

"…진 회장님, 오랜만에 뵙습니다."

준영은 능령이나 진호천이 있을 줄 알았다.

한데 뜻밖에도 진명천이 홀로 소파에 앉아 차를 마시고 있었다.

"오랜만이군요, 안 선생. 아니, 이젠 안 사장이라고 불러야겠군요. 어쨌든 이리 앉아요."

"편하신 대로 부르십시오."

당황함도 잠시, 사람 좋은 얼굴로 말하는 진명천의 말에 준영은 빙긋이 웃으며 그의 맞은편에 앉았다.

"안 사장을 만난 지 1년이 다 되어가는군요."

"벌써 그렇게 됐나요? 참, 말씀 편하게 하십시오. 능령 씨를 이제 누나라고 부르는데 진 회장님이 말을 높이시니 불편합니다."

"허허허! 그런가? 그럼 말을 편하게 하겠네. 차 한잔하겠나?"

"감사합니다."

진명천이 차를 따르는 동안 준영은 진명천이 이 자리에 있는 이유를 대충은 짐작했다.

아니나 다를까.

진명천이 차를 한 모금 마시고 나자 말을 꺼냈다.

"예전에 내가 부탁한 거 기억나나?"

"물론입니다. 능령 누나······."

준영은 누나라는 호칭이 마음에 걸려 말을 멈췄다.

"편하게 부르게."

"네, 능령 누나에 관한 것이었습니다. 결혼할 상대가 있으니 혹여라도 관심을 가지지 말라고 말씀하셨습니다."

"왜 그런 부탁을 했다고 생각하나?"

"한 번도 남자를 사귀어본 적이 없기 때문이 아니겠습니까?"

"허허허! 눈치가 빠르군. 호천이가 왜 자넬 좋아하는지 이해가 되네. 물론 나도 자네를 싫어하지 않는다네. 다만 능령이, 그 애는 어린 시절부터 정해진 곳이 있다네. 그래서 항상 조심스러웠지. 그러다 보니 지금까지 변변한 남자 한 번 사귀어본 적 없는 아이일세. 사랑이라는 건 갑자기 찾아오는 법 아닌가?"

준영은 진명천의 말이 조금 이상하다고 느껴졌다. 마치 사랑하는 사이를 갈라놓으려는 아버지의 말처럼 들렸던 것이다.

그래서 성심미디어에서 능령을 내보내겠다는 의미로 말을 했다.

"길게 말씀하지 않으셔도 됩니다. 그리고 보지 않으면 싹 틀 것도 없는 사이입니다. 그렇게 하면 되겠습니까?"

준영의 말에 진명천의 눈빛이 순간 가늘어졌다가 원상태로 돌아갔다.

'호천이가 탐을 내고, 능령이가 빠져들 만한 이유가 있었군.'

주로 중국에서 머물던 진명천이 한국으로 온 것은 정치인들을 만나기 위해서였다.

겸사겸사 한국 내 명천그룹도 돌아보고 능령과도 함께 지낼 생각으로 며칠 일찍 한국에 왔다.

한데 오랜만에 보는 능령이 준영에 대한 얘기를 할 때 분위기가 다르다는 걸 알 수 있었다.

잘 웃지 않던 아이가 웃고 있었고, 그가 준영의 칭찬을 할 땐 마치 자기가 칭찬을 들은 듯 기뻐하고 있었다. 진명천은 능령의 경호원을 불러 사정을 듣고 동생 진호천이 장난을 쳤다는 걸 알게 되었다.

설령 진호천의 장난이 있었다고 해도 자신이 부탁까지 했음에도 상황을 이렇게 만든 준영에게 화가 났다.

하지만 조용히 해결하길 바랐다.

남녀 관계라는 것이 억지로 깨뜨리려고 하면 더 불붙는다는 걸 그도 잘 알고 있었다.

그래서 준영이 비밀 회동에 참석한다는 걸 허락하고 그가 오길 기다리고 있다 능령보다 먼저 만난 것이었다.

얘기를 해보고 통한다면 더 이상 성심미디어에 못 나가게 될 것이라고 말하려 했다. 과외 선생이 아닌 이제는 명천소프트의 이익을 한몫 거들고 있는 사업 파트너에 대한 배려였다.

한데 준영이 자신의 생각을 읽고 먼저 능령을 내보내겠다고 말하고 있으니 기특할 수밖에.

"더 많은 사업을 맡길 생각이네."

"설득력이 있으니 그게 더 좋겠습니다."

문득 진명천은 들어올 때 잠깐 당황하는 걸 제외하곤 헤어지라고 하는 데도 변함없는 표정을 짓고 있는 준영을 보다 자신이 오해를 하고 있을지도 모른다는 생각이 들었다.

"혹시 자네는 능령이에 대해 어떻게 생각하나?"

"그냥 아는 누나입니다."

"…허허허! 이런 실수가."

한순간 실수하면 목숨이 왔다 갔다 하는 암흑가에서 수십 년을 살아왔고, 치열하기로는 암흑가보다 더한 경제계에서 일가를 이룬 그가 딸 문제 때문에 바보가 된 기분이었다.

"미안하게 됐네."

"어떤 오해를 하셨든 빌미를 제공한 것은 저이니 너무 탓

하지 마십시오."

"아닐세. 가장 먼저 했어야 할 질문을 이제야 하다니. 설마 능령이 짝사랑을 하고 있을 줄이야……."

"사랑이 아닐 겁니다."

"사랑이 아니다?"

"네, 호기심에서 변한 호감 정도겠죠. 한 번도 연애를 해보지 않았으니 옆에 있는 저에게 관심이 쏠리는 걸 테고요. 그리고 능령 누나는 정혼자가 있는데 그런 생각을 할 사람이 아닙니다."

"허허허! 나보다 내 딸에 대해 더 잘 아는군."

준영의 말에 진명천은 지레짐작으로 너무 과한 반응을 보였다고 생각했다.

준영은 딸바보인 진명천을 보니 쓴웃음이 나왔지만 겉으로 드러내지는 않았다.

오늘 보는 모습이 진명천의 전부가 아니라는 걸 잘 알고 있는 그였다.

"오늘 자네는 어댑터 때문에 왔겠지?"

"맞습니다. 좀 더 확실하게 하고 싶거든요."

"자네를 오해했으니 그 문제는 내가 해결해 주지."

"예? 아닙니다. 제가 해도 충분히……."

"허허허! 아니네. 미안해서 그렇다네. 소개는 시켜줄 터이니 어댑터에 대해선 나에게 맡기게."

'역시 능구렁이 같은 늙은이야.'

어댑터가 판매 중지되면 타격을 입는 건 준영만이 아니었다. 어댑터를 통해 중국에서 상당한 이익을 올리고 있는 명천 소프트도 함께 타격을 받게 된다.

돕지 말라고 말려도 도와야 할 일을 선심 쓰듯이 돕고, 능령에 대해서는 혹여나 딴생각 말라는 경고의 의미가 담겨 있었다.

기분이 상할 뿐이지, 손해 볼 것 없는 일.

"그럼 진 회장님만 믿겠습니다."

준영은 흔쾌히 대답을 했다.

하지만 진명천과 헤어지고 나오는 준영의 마음은 마치 손해를 본 것 같았다.

그리고 능령과 진호천이 있는 방으로 들어가 파티복을 입은 능령을 본 순간 손해를 본 것 같았던 느낌의 정체를 알 수 있었다.

'놓친 고기가 크게 느껴지는 것뿐이야.'

그는 애써 기분을 털어냈다.

좋아한다는 감정이 얼마나 허무한 것인지 알고 있었고, 어울리지 않는 상대라는 것 또한 너무 잘 알고 있었다.

"왔어?"

"응, 누나."

"다행히 양복 잘 어울리네."

"누나야말로. 눈이 부셔서 선글라스라도 써야 할 것 같아."

"어머, 얘는……."

준영의 말이 너스레라는 걸 알면서도 능령의 얼굴에 웃음꽃이 살짝 피었다.

"쯧쯧쯧! 어른 앞에서 뭐 하는 짓들이냐! 네 눈에는 내가 안 보이냐?"

진호천이 짐짓 호통을 쳤지만 누구라도 알아볼 정도로 장난기가 다분했다.

"진 대인님이야말로 눈이 부셔서 알아보지 못했네요. 잘 지내셨습니까?"

"지금 나 머리숱 없다고 놀리는 게냐?"

"혜안마저 놀라우시군요."

"이 자식이 정말!"

준영은 앗, 뜨거라 하며 도망갔고 진호천은 기필코 한 대 때리고야 말겠다는 듯 쫓아왔다.

쾅!

준영은 결국 잡혀 머리에 꿀밤을 한 대 맞았다.

"으~ 정말 아프군요. 그렇게까지 때리고 싶었습니까?"

"나이 든 사람을 놀린 대가다. 한데 형님이 너에게 뭐라 하시더냐?"

"아셨습니까?"

"네 행동이 이상해 짐작한 거다."

하긴 약간 들뜬 듯 행동한 건 사실이었다. 준영은 마음을 가라앉히려 노력하며 말했다.

"능령 누나에게 더 많은 일을 맡길 생각이시랍니다. 그러니 얼른 뛰어난 인재나 보내주세요."

"쯧! 형님도 늙었나 보군. 사람 보는 눈이 그렇게 없어서야… 그리고 이놈아, 이미 보냈잖아! 잡지 못한 건 네놈 탓이니 나에게 뭐라 하지 마라."

할 말을 다했다는 듯 횅하니 능령이 있는 곳으로 가버리는 진호천.

준영은 방에 홀로 우두커니 서 있었다.

"후우우우~"

감정의 찌꺼기를 뱉듯 긴 숨을 내뱉었다.

"연애도 못 해보고 벌써부터 코 꿰일 일은 없잖아."

숨 한 번 내쉬었다고 사라질 감정은 아니었다. 하지만 그렇다고 딱히 마음 아파할 일도 아니었다.

손도 제대로 잡아본 적 없는 능령과 깊어 봐야 얼마나 깊어졌겠는가.

준영은 정신을 차리고 방을 나섰다.


정치인과의 만남은 별것 없었다.

정치인이나 기업인이나 진짜 얼굴은 가식적인 웃음과 두

터운 가죽에 숨기고 가짜 얼굴로 서로를 대했고, 서로를 탐색
했다. 그리고 술을 마시며 쓸데없는 얘기들로 몇 시간을 보내
고서야 서서히 자신들이 가진 패를 보여줬다.

재한 중국 기업인들은 정치 후원금을 약속했고, 정치인들
은 그들이 더 많은 이익을 챙길 수 있는 법을 통과시키기로
했다. 여야 의원들이 있었지만 그들은 이날만은 적이 아닌 친
구였다.

모든 얘기가 끝나고 즐기자는 분위기에서 진명천은 준영
이 보라는 듯 정치인들에게 어댑터가 특허권을 위반한 것이
아님을 피력했고 여야 의원 모두에게 공감을 이끌어냈다.

준영은 처음 나가는 자리였기에 호구처럼 보이도록 노력
했고 그 노력이 통했는지 몇몇 정치인과 밥이나 먹자는 약속
을 받아냈다.

또한 여당 최고 의원와 야당 최고 의원 두 사람에게서는 보
좌관을 통해 은밀한 쪽지까지 건네받았다.

중국 기업인이 아닌 한국 기업인이라는 점이 크게 작용한
것이었다.

얻은 것이 많은 밤이었음에도 잃은 게 더 많다고 생각되는
밤은 그렇게 지나갔다.

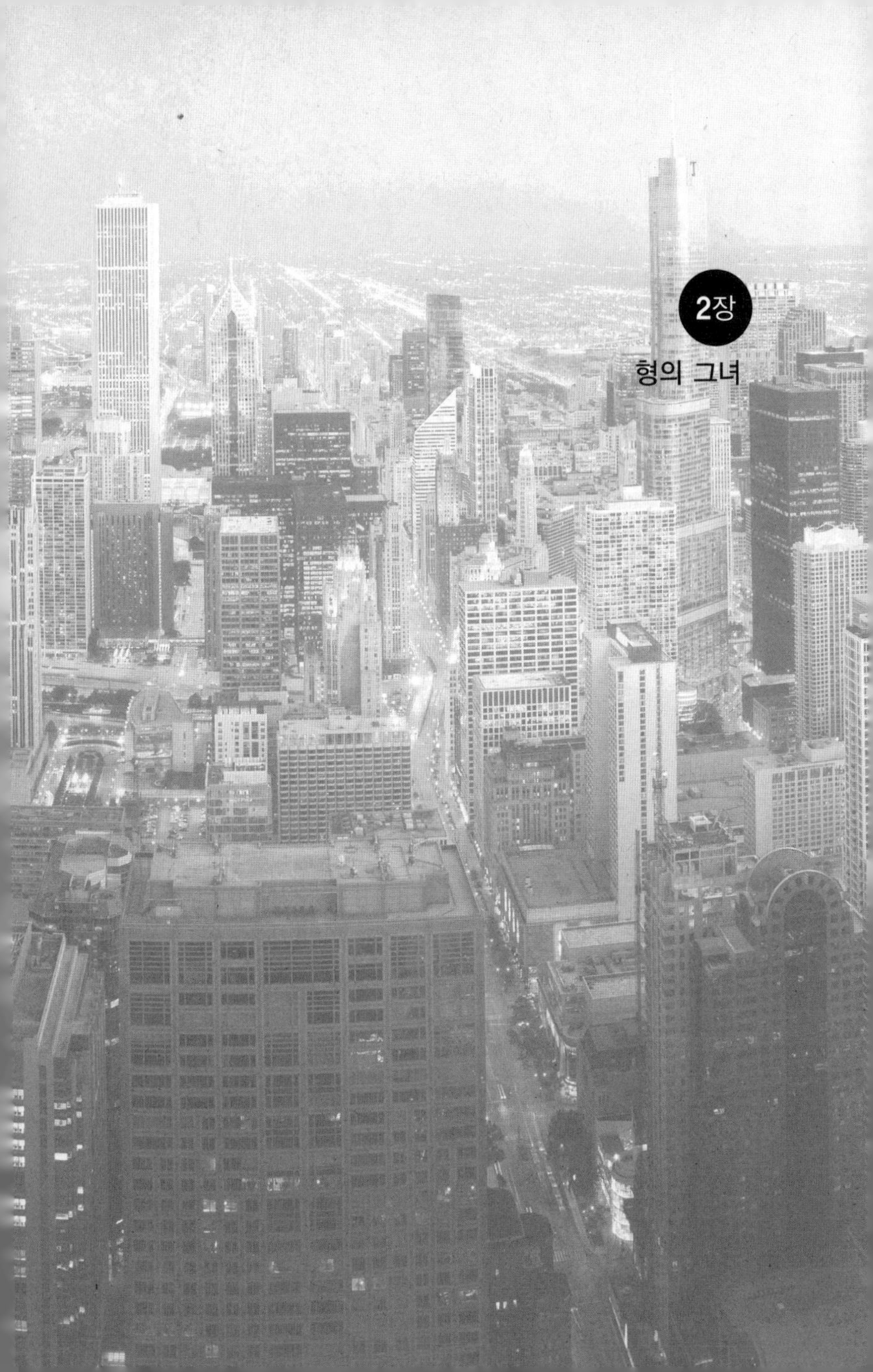

# 2장

## 형의 그녀

능령의 빈자리는 대충 완성된 천(天)이 메웠다.

왜 대충이냐고?

로봇, 그 자체로는 완벽했지만 인간으로 살아가야 하는 로봇으로서는 아직 미완성이었기 때문이다.

그 이유로 첫째, 표정이 전혀 없었다.

말은 하지만 입 주위만 움직였기에 자세히 보면 괴기스럽다는 표현이 들 정도로 인간미가 느껴지지 않았다. 그런 표정에 회사 사람들은 천(天)을 마녀라고 불렀다.

둘째, 악수를 해보면 포근함은커녕 딱딱함에 마치 각목을 잡는 느낌이 들었다.

셋째, 살의 출렁거림이 없었다.

아무리 매끈한 다리를 가진 여성도 움직일 때 살이 출렁이고 근육의 움직임이 생기게 마련이었다. 한데 천(天)은 그런 것이 전혀 없다 보니 여름임에도 긴팔 셔츠와 긴 바지를 입어야 했다.

그 외에도 단점을 세려고 한다면 많았지만 대표적인 것이 이 세 가지였다.

"…내 말, 듣고 있는 거야?"

"으, 응, 듣고 있어요."

상념에서 벗어난 준영은 천(天)의 얼굴 중 눈이 아닌 미간에 집중하며 말했다.

"가급적 누…나가 하고 싶은 대로 해주고 싶어요. 하지만 지금은 돈이 없어요. 올해 말이나 돼야 돈이 들어오니 그때나 한번 생각해 봐요."

천(天)은 바라는 게 많았다. 피부를 연구할 회사를 만들기를 바랐고, 하루라도 빨리 성심테크의 본사가 완공되길 바랐지만 지금으로써는 무리였다.

"벌면 되지."

"어떻게요? 주식으로요?"

"주식도 한 방편이 될 수 있겠지."

"그럼 제가 20억 줄 테니까 누…나가 직접 운용해요. 그리고 돈 많이 벌면 그때 누…나한테 성심테크를 싼 값에 팔 테니까 직접 경영하세요."

"…그렇게 삐딱하게 말하면 기분이 좋니? 그리고 '누…나'라고 부르는 거 그만둘 수 없어? 그냥 누나라고 불러. 그렇게 부른다고 뭔가 달라져?'

주식으로 수천억, 수조 원씩 벌 수도 있었다. 하지만 천(天)이 주식을 통해 돈을 버는 방법은 정상적으로 보기는 어려웠다. 정상적이지 않은 돈은 회사에 독이 될 수도 있었다.

돈에는 흐름이 있다.

A에게서 B로 돈이 가면 현금일 경우는 기록이 되지 않지만 스마트폰 결제나 카드 결제일 경우는 기록이 된다.

물론 기록된다고 정부나 세무서가 모든 경우를 조사하지는 않았다. 일정 금액 이상이 되면 그때 일단 체크가 된다.

그 일정 금액이 1,000만 원이다.

한데 갑자기 정체를 알 수 없는 수백억이나 되는 돈이 성심테크라는 곳에 유입되면 어떨까?

그리고 그게 계속된다면?

세무서에게 가만히 있을 리가 없다.

조사가 들어올 테고 단돈 만 원의 흐름까지도 추적해 성심테크의 위법성을 찾아낼 것이다.

천(天)이 이상한 방법으로 돈을 벌어도 성심테크를 사지 못하는 이유다.

물론 돈을 세탁하는 방법도 있다.

추적이 불가능한 차명 계좌를 수없이 이용해 수십 번 뺑뺑이 돌린 후 깨끗한 돈을 만들어 사는 방법도 있었다.

준영이 가진 비자금 500억 원이 그렇게 만들어진 돈이었다.

하지만 막상 그의 이름으로 된 통장에는 넣지 못한다.

500억 원을 벌게 된 근거가 필요하기 때문이다.

"급하게 하지 말자는 뜻이에요."

"무작정 기다릴 수는 없어."

'늙지도 않는 인조인간이 왜 이렇게 성격이 급한 거야? 그리고 왜 그렇게 돈이 필요한 거야?'

이유라도 속 시원하게 말해주면 좋을 텐데 비밀이라는 한마디로 묵살하니 도무지 말이 통하지 않았다.

준영은 일을 던져 주기로 했다.

일할 것이 많으면 그만큼 조급증도 없어질 것이다.

"좋아요. 그럼 돈의 흐름을 무시할 수 있는 방법부터 만들죠. …누나가 해야 할 일이 많을 겁니다."

"일이 많은 건 상관없어. 설명해 봐."

"일단 …누나의 신분을 확실하게 만들어야 해요. 국적, 나이, 이름, 얼굴까지."

"기다려 봐."

"당장 하라는 게……."

정말이지 성격 급한 프로그램이었다.

눈을 희번덕거리며 작업에 들어가는 걸 보고 준영은 어쩔 수 없다는 듯 고개를 흔들었다.

"끝났어. 재미 교포 스카이 김, 한국명 김하늘, 나이 25세, 태어나자마자 미국으로 입양되어 양부모님과 열아홉 살까지 살다가 부모님이 죽어 그때부터 혼자 미국에서 살았음. 지난 달 25일, 한국으로 입국. 오늘 날짜로 한국 국적을 가지게 되었어. 사회보장 번호, 병원 기록, 얼굴, 모두 일치해."

"버, 벌써……?"

준영은 천(天)이 자신과 지(地)를 만든 자아를 가진 프로그램임을 상기해 냈다.

첫 만남에서 본 깡통 로봇이 그의 뇌리에 박혀 얼마나 대단한 존재인지 망각하고 있었던 것이다.

세상을 뒤흔들 수 있는 괴물이 눈앞에 있음을 깨달은 준영은 그 괴물을 이용해 어떤 일을 할 수 있을지에 대해 상상의 나래를 펼쳤다.

하지만 곧이어 들리는 천(天)의 목소리에 나래는 잠시 접어 둬야 했다.

"끝났다니까. 이제 뭘 하면 되지?"

"그보다 먼저 물어볼게요. 방금처럼 일을 할 수 있다면 주식으로 얼마든지 돈을 벌 수 있잖아요? 그런데 왜 내 말에 수긍을 한 거죠?"

"네 말이 맞기 때문이야. 처음 너를 통해 얻은 20억을 내가 만든 가상의 인물에게 줬지. 그다음 주식 투자로 10억 불이 넘는 돈을 벌었어. 하지만 그 순간 인간들이 나를 쫓기 시작하더군."

"인간이 쫓았다고요?"

"금융자본과 결탁된 미국 정보부 요원들이었지."

"돈이야 사라지게 하면 되잖아요? 지들이 무슨 수로 찾겠어요?"

"돈이 문제가 아니라 내가 사놓은 회사, 건물, 장치들을 빼앗겼어. 그리고 알게 되었지. 현실은 가상현실과 달리 실체가 존재해야 함을. 그리고 지킬 힘을 갖춰야 한다는 것도."

준영은 천(天)의 목적을 듣지는 못했지만 세계의 혼란이나 멸망이 그녀의 목표는 아닐 거라는 확신이 들었다.

만일 그것을 원한다면 굳이 인조인간을 만들지 않아도 할 수 있는 방법이 얼마든지 있었기 때문이다.

"그런 경험이 있었다니 다행이네요."

"다행이라고?"

"다행이죠. 놈들이 나랑 …누나가 만났을 때 덮쳤다고 생각해 봐요. 나만 죽는 거잖아요."

"하긴… 어쨌든 다음 일이나 말해봐."

'성격 급한 X.'

준영은 천(天)의 성격을 욕하면서도 재빨리 해야 할 일을 말했다.

"먼저 성심테크에 대한 일은 …누나가 맡아요. Gain엔지니어링도 …누나가 맡고요. 그다음 깡통… 남성형 인조인간을 최대한 만들어주세요."

"인조인간은 왜?"

"밤의 세계 일부를 지배해 볼까 하고요. 앞으로 어떻게 될지 모르잖아요. 그리고 누나가 하고 싶은 거 할 때 도움도 될 테고요."

"괜찮은 생각이네."

"열 명 정도 만드는 데 얼마나 걸릴까요?"

"한 달. 3D 프린터가 두 대라면 두 배는 빨리 끝낼 수 있어."

"Gain엔지니어링에 말해 한 대 만들어 달라고 하세요. 돈은 성심테크에서 지불하시고요."

"그러지."

"좋아요. 그동안 전 밤의 세계를 지배할 무기를 만들 생각이나 해봐야겠어요."

"무기? 총을 말하는 거니? 총이라면 3D 프린터로도 가능하잖아."

"아뇨, 돈이 될 만한 것이죠."

철사를 녹일 수 있는 3D 프린터가 나오면서 한때 총기 청정국이라 불리던 한국 또한 총기 사고가 폭발적으로 늘어났었다.

그에 정부는 강경책을 펼쳤다.

철을 녹일 수 있는 3D 프린터의 일반인 판매를 금지시키는 한편, 3D 프린터 업체에 대한 관리 감독을 강화했다. 또한 탄약 관리를 보다 철저하게 해 총알이 무분별하게 시중에 유통되는 것을 막았다.

마지막으로 총기 사고에 대해선 철저하게 조사를 해 관련자들을 엄벌에 처함으로써 확산을 막았다.

빠른 초기 대응 덕분인지 총기 사고는 급속도로 줄어들었다. 하지만 그렇다고 완전히 사라진 건 아니었다.

총기 판매 조직이 지하로 숨어든 데다 폭력 조직 간의 전쟁에선 여전히 총기 사용이 빈번하게 일어나고 있었다.

밤의 세계를 지배하기 위해선 천(天)의 말처럼 총도 중요하다. 하지만 그보다 더 중요한 것이 있었다.

바로 돈이었다.

"돈?"

"네, 검은 돈이요."

"아하! 전에 네가 지(地)에게 물었던 그걸 현실 세계에 적용시킬 생각이구나?"

"아뇨, 디지털 마약을 팔 생각도 해봤는데 건실한 사업가인 제가 그런 위험한 일에 손을 댈 필요가 없죠."

"그럼?"

"아직까지는 생각만 하는 중이에요. 나중에 정리되면 그때 말해줄게요."

지금 머릿속에서 생각하고 있는 물건(?)이 딱히 돈이 될 것 같지는 않았기에 말을 아꼈다.

'밤의 세계니까 굳이 정도(正道)를 따를 필요는 없겠지.'

준영은 여러 가지 상상을 하며 피식피식 웃고 있었는데 범죄 조직의 수장들이 지금 준영이 생각하고 있는 것을 알았다면 당장에라도 킬러를 보냈을 것이다.

*　　　*　　　*

어댑터에 대한 판매 중지 가처분 신청은 법원에서 받아들여지지 않았다.

적외선 키보드는 이미 이십여 년 전에 상용화된 기술이고, 가처분 신청 업체가 그 기술을 발전시킨 것은 인정하나 성심테크의 기술도 발전의 하나임으로 특허권 침해는 없다고 기각되었다.

준영은 옳다구나 하고 미뤄왔던 유럽, 일본 앱 업체들과 어댑터에 대한 계약을 체결하기 시작했다.

여름방학이라 시간이 많아 여유롭게 해나가고 있는 중이었다.

"3퍼센트로 해주시면 어떻습니까?"

일본의 한 게임업체에서 온 사내가 계약서를 내려놓으며 물었다.

오는 업체마다 지금처럼 그냥 찔러보는 경우가 허다했다.

되면 좋고, 안 되면 말고 식이었다.

"미안합니다만 그건 불가능합니다."

준영은 일언지하에 거절했다.

명천소프트에 3퍼센트를 주고 있지만 중국 시장 전체를 통제할 수 있다는 조건 때문에 그렇게 해준 것이었다.

하지만 국제 표준을 잘 지키는 다른 나라에까지 인하해 줄 생각은 없었다.

"좋습니다. 4퍼센트는 어떻습니까?"

"5퍼센트. 그 이하는 없습니다. 뒤에 다른 업체와도 약속이 있습니다. 계약에 대해 수긍하기 힘들다면 내일 다시 얘기하셔도 좋습니다."

물론 내일 얘기해도 바뀔 것은 없었다.

사실 매출의 5퍼센트가 대형 게임업체에서는 큰돈이라 생각되겠지만 소규모의 업체에선 오히려 좋아할 일이었다.

게임이 실패하면 계약 시 내는 계약금을 제외하곤 한 푼도 내지 않아도 되기 때문이었다.

고심을 하는 남자를 보며 준영은 속으로 말했다.

'계약 안 할 거면 꺼져!'

눈앞에 있는 회사가 아니라도 할 곳은 많았다.

배짱 영업이긴 했다. 계약을 하려면 한국으로 와야 했고, 준영이 작성해 놓은 계약서에 그대로 사인을 해야 했으니까 말이다.

준영은 사내의 입이 열리기를 웃으며 기다렸다.

"어쩔 수 없죠. 5퍼센트로 계약을 합시다."

'망할 자식! 어차피 할 것을……'

"잘 생각하셨습니다."

속과 다르게 이제는 진정한 손님이 된 사내에게 준영은 최대한 부드럽게 말을 했다.

계약서가 작성되자 준영은 자리에서 일어나 악수를 청했다.

"좋은 결과 있으시기 바랍니다."

"감사합니다."

일본인을 마중한 후 준영은 계약 중에 전화를 했었던 형, 호영에게 전화를 걸었다.

"응, 형. 잠깐 일하고 있어서 받지 못했어."

—그럴 것 같아서 기다리고 있었다.

"한데 형이 웬일이야? 무슨 일 있어?"

—별일은 아니고 너랑 얘기할 게 좀 있어서.

"지금은 괜찮으니까 말해."

—…전화상으로는 좀 그렇다.

준영은 책상 앞에 있는 스케줄을 확인하고 말했다.

"지금은 힘들고 저녁 7시쯤 형네 회사로 가면 안 될까? 간만에 형제끼리 저녁 먹으면서 술이나 한잔하자."

—그래, 그럼 그때 보자.

전화를 끊은 준영은 호영에게 무슨 일이 있는지 고민할 새도 없이 새로운 일본 업체에서 온 손님을 맞이했다.

"어서 오세요. 성심테크의 안준영입니다."

준영은 계약하기 전의 뻣뻣함을 되찾았다.


계약을 마치고 서두른다고 서둘렀지만 퇴근길이라 준영은 10분 늦게 호영과의 약속 장소에 도착했다.

작은 연탄 숯불갈비 집이었는데, 도로에 나와 먹는 사람이 실내보다 두 배는 많았다.

준영은 야외 자리에 앉아 사이드 메뉴로 나오는 당근을 먹고 있는 호영을 보곤 다급히 뛰어갔다.

"미안, 형. 차가 좀 막혔어."

"괜찮아. 앉아."

준영이 자리에 앉자 호영은 갈비와 소주를 시켰다.

치이이익~!

연탄 위에 놓인 석쇠에 갈비를 올리자 듣기 좋은 소리가 났다. 준영은 소주를 따서 호영의 잔을 채웠고, 호영은 준영의 잔을 채웠다.

"건배!"

시원한 소주를 마신 준영은 이젠 얘기를 들을 준비를 마쳤다는 듯 물었다.

"할 얘기라는 게 뭐야? 사고라도 쳤어?"

"이 녀석이… 돈 좀 번다고 형을 물로 보냐?"

"물로 보는 게 아니라 너무 무게를 잡고 있어서 무슨 일인가 싶어 그런 거지."

"그렇게 보였냐?"

"응."

"크으~ 큰일은 아니고… 나, 회사 그만두고 독립할까 싶다. 그리고… 결혼할 생각이다."

정말 별문제도 아니었다.

오히려 별것도 아닌 말을 무게를 잡으며 말하는 호영이 이상하게 보였다.

"독립 축하해. 그리고 결혼도 축하하고. 근데 그게 그렇게 말하기 힘든 말이야? 혹시 아가씨한테 무슨 문제라도 있는 거야?"

"……"

준영은 농담처럼 한 말이었는데 정곡을 찔렀나 보다. 호영은 대답 없이 소주만 마셨다.

준영은 호영의 그런 모습에 가볍게 인상을 찌푸렸다.

결혼할 상대가 어떤 문제가 있는데 그 문제를 고민할 정도면 차라리 하지 않는 게 좋다는 게 그의 생각이었다. 하지만 당사자가 아니면 이해하기 힘든 일도 있는 법이라 조심스럽게 말을 꺼냈다.

"무슨 문제인데? 말하기 힘들 정도로 여자분에게 문제가 있는 거야?"

"그런 거 아냐."

"그럼?"

재촉하는 듯한 준영의 말에 호영은 타고 있는 고기를 뒤집으며 어떻게 말해야 할지 잠깐 고민을 했다.

하지만 어떻게 얘기를 해도 준영의 입에서 좋은 말이 나오지 않을 것 같아 걱정이었다.

그녀를 처음 만난 건 거래 업체의 공장 자동화 기계를 업그레이드하기 위해 갔을 때였다.

우연한 만남이었다.

사장과 업그레이드에 대해 얘기를 나누다 잠시 시간이 남았다. 그래서 공장 이곳저곳을 살펴보는데 양지 바른 곳 침대에 누워 힘없는 미소를 지은 채 풍광을 보고 있는 모습에 연민이 생겨 얘기를 한 것이 시작이었다.

업그레이드를 위해 몇 번 더 방문을 했고, 그때마다 공장에서 만났는데 공장 연구실에서 만드는 어떤 물건의 성능을 테스트하기 위해 왔다는 걸 알게 되었다. 그렇게 몇 번 봤는데 얘기를 나누는 동안 자신도 모르게 사랑에 빠지고 있었던 것이다.

호영은 일이 끝났음에도 계속 그녀를 찾아갔다. 그러다 자신이 그녀를 사랑하고 있다는 걸 알게 되었다.

호영은 자신의 마음을 그녀에게 고백했다. 그리고 그녀의 마음 또한 자신과 다르지 않다는 걸 알게 되었고, 거래처 사장에게 말했다.

사장은 말도 안 된다며 펄펄 뛰었다.

자신의 딸이 아닌 호영이를 위한 말이었지만 호영은 사랑으로 극복할 수 있다고 오히려 업체 사장을 설득했다.

결국 허락이 떨어졌다.

기쁨도 잠시, 이제는 자신의 가족들을 설득해야 함을 깨달았다.

비로소 현실이 보이기 시작했다.

집안의 장남이었고, 자신이 부모라고 해도 결혼을 허락해 주지 않을 거라는 생각에 겁이 났다.

그렇다고 그녀와의 결혼을 포기할 생각은 추호도 없었던 호영은 가족 중 자신의 편을 만들 생각을 했고 그게 셋째 준영이었다.

그래서 준영을 불렀다. 한데 막상 앞에 있으니 얘기를 꺼내기가 쉽지 않았다.

반대라도 하면 지금 애써 지탱하고 있는 뭔가가 힘없이 무너질 것 같은 두려움이 계속 그의 입을 붙잡고 있었다.

다시 술잔으로 손이 갔다. 하지만 누군가의 손이 그의 팔목을 잡았다.

준영이었다.

지금까지와 달리 웃는 얼굴이 아닌 무척 심각한 표정으로 말을 꺼냈다.

"말하기조차 힘든 문제라면 차라리 결혼을 포기해. 형이 망설인다는 건 형의 마음에도 거리낌이 있다는 애긴데… 그럼 형뿐만 아니라 그분까지 불행해져. 부모님을 설득하기 전에 형의 편으로 만들 생각에 날 불렀다면 포기해. 지금 상태라면 난 무조건 반대야."

호영은 마치 뒤통수를 맞은 기분이었다.

뉴스에 자주 언급이 될 정도로 성공했지만 어리기만 한 동생이라 생각하고 있었다.

한데 자신보다 어른스럽게 말하는 준영을 보니 문득 자신이 부끄러워졌다.

호영은 준영의 머리를 가볍게 헝클어뜨리고 입을 열었다.

"못난 모습 보여서 미안하다. 네 말이 맞다. 그저 남들보다 몸이 조금 불편할 뿐 참 예쁜 여자다."

"얼마나 불편한데?"

준영은 호영이 말한 '조금' 이 굉장히 주관적인 평가임을 이어지는 말을 듣고 알 수 있었다.

"고등학교 때 교통사고로 전신 마비."

"……"

이번엔 준영이 아무 말 못 하고 소주를 마셨다.

힘든 길을 가겠다는 호영을 말릴 수도 없었고, 그렇다고 보고만 있자니 가슴이 답답해졌다.

자신도 이럴진대 부모님은 어떠실지 보지 않아도 뻔했다.

"막지 않을게. 형의 판단이니 충분히 존중할게. 그리고 부모님께 말할 때가 되면 도울게. 대신… 아까 축하한다는 얘기는 취소."

"축하해 줘라, 새끼야!"

호영이 한쪽 입꼬리를 올리며 말했지만 준영은 웃을 기분이 아니었다.

'차라리 넘보지 못할 나무를 넘볼 것이지.'

그렇다면 최선을 다해 형을 도왔을 것이다. 성심미디어 같은 회사를 만들어 줄 수도 있었다.

한데 의학에 대해선 아는 바가 없었다.

둘은 말없이 탄 고기를 잘라내고 먹었다.

준영은 소주 한 병을 비웠을 때쯤 자신마저 이러고 있을 수는 없다고 생각했다.

이미 정해진 일이고 호영이 마음을 바꿀 생각이 없다면 그곳에서 최선을 찾으면 되는 일이었다.

"그분은 누난가?"

"…응."

"언제 한번 볼 수 있을까?"

"그녀를 만났을 때 지금 같은 표정이 아니면 만나게 해줄게."

"홋! 기업인의 얼굴을 우습게 보는군. 두 얼굴의 사나이는 기업인을 두고 하는 말이야."

"오버 하지 말고."

"알았어. 한데 형수님은 뭘 좋아하시나?"

"좋아하는 거 많지. 꽃, 자연, 일몰, 달, 밥, 걷는 거… 다… 달리는 거, 아… 기들… 흑!"

웃으며 얘기하던 호영은 중간쯤 눈물을 떨구었고, 마지막엔 펑펑 울고 있었다.

쌓여 있던 것이 터져 나옴이었고, 사랑하는 이를 위해 아무 것도 해주지 못하는 것에 대한 설움의 눈물이었다.

준영은 아무 말도 할 수 없었다.

그저 앞에 있는 소주잔을 비울 뿐이었다.


넓고도 좁은 세상이라는 말을 한다.

지금이 그랬다.

꽃다발을 들고 있던 준영은 호영이 아버님이라고 부르는 노년의 사내를 본 순간 그 말이 떠올랐다.

사내도 마찬가지였는지 놀라며 외쳤다.

"안 사장!"

"현정목 사장님, 잘 지내셨습니까?"

"한데… 호영 군이 혹시 형인가?"

"예, 형이 말하던 형수님이 사장님의 따님이셨군요?"

"허허. 이런 인연이 있다니… 어쨌든 윤정이가 기다리고 있으니 들어가 보게."

준영은 Gain엔지니어링을 차지하기 위해 한 짓이 있어서 현정목을 보기가 괜스레 미안했다.

하필 형수가 될 사람이 현정목의 딸일 줄은 꿈에도 생각 못 하고 있었다.

"아는 사이였어?"

호영이 귓속말로 속삭였다.

"사업 때문에 아는 분이야."

"헐! 혹시 저분께 실수한 거 없지?"

"…없어."

사실을 말한다면 형제지간이 끊길 것 같았기에 준영은 선의의 거짓말을 했다.

"여기야. 민감하니까 표정 조심해."

호영의 나지막한 경고를 듣고 준영은 병실로 들어갔다.

현윤정도 미래의 도련님이 될 준영이 오는 것을 알고 있었을까. 옅은 화장을 하고 은은한 미소를 짓고 기다리고 있었다.

더운 날임에도 얇은 이불을 덮고 있었다.

자세히 보이지는 않았지만 이불 사이에 삐죽이 나와 있는 깡마른 손과 해골을 연상케 하는 얼굴만으로도 호영이 왜 그토록 강조를 했는지 알 수 있었다.

누구나 말문이 막힐 상태였다.

하지만 준영은 천(天)이라는 좀비를 매일같이 보며 얼굴 표정을 관리해 왔던 경험이 있었다.

"윤정 누나, 안녕하세요."

"…어서 …와요."

"꽃을 좋아한다고 해서 사 왔어요."

"…고마워요. …이렇게 인사하는 게 …실례인 걸 아는데
…이해해 줘요."

"실례라뇨. 괜찮아요. 한데 형수님 만난다고 하니 형이 엄
청 주의를 줬는데 형이 오버 한 거군요."

"…후후. …뭐라고 했는데요?"

"엄청 예쁘니 놀라지 말라고 했거든요."

"…훗! …준영 씨가 보기엔 어떤데요?"

"그냥 미인? 사실 제 주위엔 예쁜 여자들이 많거든요. 특히
능령이라는 아가씨는 정말 예뻐요. 한번 보실래요?"

준영은 스마트폰을 꺼내 능령의 사진을 보여줬다.

"…정말 …예쁘네요."

"예쁘긴 한데 너무 무뚝뚝해요. 미소는 형수님이 훨씬 아
름다워요."

윤정은 옆에서 재잘거리는 준영을 보며 억지가 아니라 마
음으로부터 웃음이 나왔다. 그리고 준영이 무척이나 자연스
럽게 대하고 있음에 고마웠다.

오랫동안 병실에만 누워 있다 보니 부모님이나 호영이 간
혹 보이는 안타까움과 슬픔을 바로 알아챌 정도로 민감했다.

한데 한참 어린 준영의 얼굴엔 자신을 만난 기쁨밖에 없는

것 같아 좋았다.

그게 가식이든 뭐든 간에 말이다.

"…그 아가씨 …애인이에요?"

"아뇨, 같이 일하던 여자였어요. 헤어지기 전에 기념으로
사진 한 장 찍자고 했더니 이런 무표정한 얼굴로 찍으라고 하
더군요."

"…웃고 있어요."

"네?"

"…능령 씨 …웃고 있다고요."

"……."

준영은 윤정의 말에 스마트폰 사진을 바라보았다. 하지만
어디가 웃고 있는지 궁금했다.

"…눈이 …웃고 있어요. …그리고 사진 찍은 사람을 …원
하고 있어요."

"하? 하… 하하! 형수님 참 재미있으시네요. 우린 아무 사
이도 아니에요."

준영은 너스레를 떨었고 윤정은 그런 준영을 미소를 지은
채 바라만 보았다.

한참 이런저런 얘기를 하던 준영은 윤정의 얼굴에서 피곤
함을 발견했다.

"피곤하신가 보다. 다음에 또 올게요."

"…후후. …어느 누구보다 …다른 사람 표정을 …잘 알아

채는군요?"

"하하! 제가 좀 눈치가 빠른 편이거든요."

"…그런데 …왜 …그 아가씨가 웃고 있다는 건 …모를까요?"

"…하하하! 형수님도 의외로 끈질긴 구석이 있으시네요. 아까 얘기를 다시 꺼내다니."

준영의 표정이 윤정을 만나고 두 번째 깨지고 있었지만 그는 모르고 있었다.

"참! 형수님, 제가 돈 많이 번다는 거 모르시죠?"

"…알아요. …호영 씨가 …얼마나 자랑하는데요."

"아시는구나. 그럼 형수님을 위해 선물을 할게요."

"…무슨 선물이요?"

"약속이라는 선물이요. 반드시 걷도록 해드릴게요. 그리고… 나머지는 나중에 할게요. 그러니 꼭 건강하게 계셔야 해요."

"……!"

끄덕끄덕!

힘이 드는지 윤정은 고개를 끄덕이고 있었다.

여전히 웃는 얼굴이었지만 눈에는 의지와 상관없이 눈물이 나오고 있었다.

"너……."

준영을 부르는 호영의 표정은 숯불갈비 집에서 짓던 표정과 비슷해져 있었다.

"형은 형수랑 더 있다가 와. 난 먼저 갈게. 그리고 난 약속
은 반드시 지키니까 걱정 마."

준영은 호영의 어깨를 주먹으로 툭 하고 친 후 병실을 빠져
나왔다.

밖에는 현정목이 아미를 찌푸리며 서 있었다.

"자네, 윤정이에게 쓸데없는… 나랑 얘기 좀 하세."

딱딱하다 못해 분노가 느껴지는 말투였지만 준영은 표정
의 변화 없이 말했다.

"안 그래도 찾아뵈려 했습니다."

"자네…! 휴우~ 윤정이가 들을지 모르니 저리로 가지."

준영은 현정목을 뒤따라갔다.

그의 두 손은 표정과 달리 꽉 쥐어져 있었다.

# 3장

파일을 덧씌우다

"휴~ 이놈의 오지랖은 도대체 누구의 성격이야? 올 여름
도 바닷가 근처도 못 가겠군."

준영은 투덜거리면서도 손에 들고 있는 윤정의 의료 기록
을 내려놓지 않았다.

"뭘 그리 열심히 보고 있어?"

"하늘이 누나, 어서 와요. 갔던 일은 잘됐어요?"

역시 시간이 약이었다. 이젠 누나라는 말이 자연스럽게 나
왔다.

천(天)은 3D 프린터를 추가로 주문하기 위해 Gain엔지니
어링에 다녀오는 길이었다.

전화로도 충분히 할 수 있는 일이었지만 앞으로 천(天)이 맡을 일이어서 겸사겸사 다녀온 것이다.

"거기도 몇 사람 없더라. 사장하고 몇몇만 부랴부랴 달려온 모양이야. 그리고 프린터는 휴가 기간 끝나고나 가능하대."

"하긴 거기라고 휴가 안 갔겠어요. 괜히 우리만 바쁠 뿐이에요. 쩝!"

휴가철이었다.

성심미디어도 긴급한 업무에 대비할 세 명을 제외하곤 모두 휴가를 간 상태였다.

회사에서 가장 바쁜 사람은 준영과 천(天)이었다.

천(天)은 말을 하면서 준영이 보고 있는 서류를 집어서 훑어봤다. 그러고는 관심이 있는지 소파로 가져가 아예 본격적으로 보기 시작했다.

준영은 어차피 천(天)의 도움을 청할 생각이었기에 그녀가 모든 서류를 훑어볼 수 있도록 기다렸다.

마지막 서류를 덮을 때 준영이 물었다.

"어때요?"

"환자의 상태? 아님 UJ메디컬의 장치?"

"둘 다요."

현정목의 회사가 UJ메디컬이었다.

준영은 윤정을 만났던 날, 현정목에게서 의료 기록과 함께 그가 윤정을 위해 만들고 있는 의료 기기에 대한 서류도 일부

받아왔었다.

의학에 대해선 문외한이나 다름없는 준영이었지만 윤정의 상태가 결코 나을 수 있는 상태가 아니며 의료 기기 또한 일부에 불과하지만 정상적으로 작동할지도 미지수인 장치라는 것이 그의 결론이었다.

하지만 포기는 하지 않았다.

인조인간 천(天)이라는 존재가 있으니 기계의 도움으로라도 걷고 뛸 수 있지 않을까라는 희망이 있었다.

준영은 막 열리는 천(天)의 입에 집중했다.

"환자는 수술을 다시 해야 해. 이런 인공 척추로는 설령 신경이 다시 살아난다고 해도 제대로 움직일 수 없어. 그리고 이 장치는… 쓸 만은 하지만 뇌 공학에 대해서 전혀 모르는 상태로 만든 것이라 오류가 너무 많아. 신경을 살리기 위해 만든 장치로서는 실격이야."

"쓸 만은 한데 실격이라니… 자세히 말해봐요."

"자세히 알려면 뇌 공학에 대해 알아야 해."

"그럼 간단히 설명해 줘요."

"좋아, 이번 기회에 뇌 공학에 대해서 알아보는 것도 나쁘지 않겠지. 헤드셋을 쓰고 컴퓨터로 들어와."

준영은 천(天)이 뭘 하려는지 의문이 생겼지만 일단은 헤드셋을 쓰고 컴퓨터로 진입했다.

한데 3D 운영체제의 첫 화면이 아닌 새하얀 가상의 공간이

나왔다.

그리고 하얀 공간에 검은색 원피스를 입은 천(天)이 나타났다.

현실에서 보는 인조인간과는 완전히 달랐다.

마치 도도한 검은 고양이 같았다.

하지만 준영은 그 모습보다 자신의 컴퓨터 상태가 바뀌었다는 점이 더 신경에 거슬렸다.

"이런, 내 컴퓨터에 손댔어요?"

"보안이 엉망이라 회사 전체의 컴퓨터에 손 좀 댔어. 그렇다고 달라지는 것은 없어. 이 공간에 들어오기 위해선 내 도움이 있어야 하거든."

"보안에 꽤 신경 썼거든요. 누나나 대지 형이 아니면 누가 들어오겠어요?"

가상의 공간이어서 그런지 준영의 말에 천(天)의 표정이 확실히 나타났다.

같잖다는 표정.

준영은 천(天)이 무슨 말을 할까 기다리고 있는데 갑자기 천(天)의 두 다리가 날아왔다.

드롭킥!

천(天)의 드롭킥을 맞은 준영은 하얀 공간을 붕 날아 형편없이 뒹굴었다.

"무, 무슨 짓이에요!"

준영은 어이가 없기도 하고 화가 나 소리쳤다.

"꼭 한번 해보고 싶었어."

"……."

첫 만남에서 당했던 것에 대한 그녀의 복수였다.

"미국 M사에서 만든 3D 운영체제는 그 자체가 바이러스나 다름없어. 게다가 지(地)가 아니었으면 이미 오래전에 어댑터에 대한 정보는 다른 곳에 넘어갔을 거야. 지금 이 순간에도 해커들이 공격 중이지."

준영은 드롭킥을 맞고 뒹굴었다는 사실을 잊을 정도로 놀랐다. 그리고 보안에 대해 공부를 해야겠다고 마음을 먹었다.

"넌 네 자신을 너무 모르는 것 같아. 이왕 이렇게 된 거 뇌 공학에 대한 지식만 주려고 했는데 보안에 관련된 지식도 주지."

"필… 윽!"

무슨 짓을 하려는지 알았기에 필요 없다고 말하려는 순간, 머릿속으로 방대한 분량의 지식이 밀려들어 왔다.

어떤 여과 과정도 거치지 않고 들어오는 정보는 천(天)에게는 지식일지 모르나 준영에게는 쓸데없는 정보에 불과했다.

멈추라고 소리를 지르려는 찰나 전송이 끝났다.

준영은 멍해진 머리를 붙잡고 말했다.

"제발 이런 식으로 우겨 넣지 좀 마요. 난 복사해서 붙여넣기 한다고 바로 기억을 할 수 있는 컴퓨터가 아니에요."

"과연 그럴까? 널 보통 인간으로 생각한다면 곤란해."

"…무슨 말이에요?"

"내 씨앗이잖아. 어쨌든 설명을 쉽게 하기 위한 것이니까 네가 이해해."

천(天)의 말엔 분명 다른 의미가 있었다. 하지만 머리가 멍한 상태였고 이어지는 천(天)의 말에 그냥 수긍을 해버리는 준영이었다.

"뇌 공학, 뇌 과학이라 불리는 학문은 오래전부터 존재해 왔어. 그러던 것이 2020년, 뇌파를 분석할 수 있는 칩이 개발되며 본격화됐지. 하지만 진정한 뇌 공학의 시작은 퓨텍이 등장하면서부터라는 의견이 지배적이야. 뇌에 정보를 입력할 수 있게 된 것이 그때부터였으니까. 인간의 뇌는……."

원론적인 얘기부터 시작된 천(天)의 뇌 공학에 대한 설명에 준영은 흠뻑 빠져 버렸다.

조금 전 천(天)이 머릿속에 입력해 둔 정보들이 지식으로 바뀌며 마치 뇌 공학자가 된 듯한 느낌마저 들었다.

"UJ메디컬의 기기가 왜 쓸모없다는 건지 알겠어요. 뇌 정보 출력을 규격화시키기가 힘들어서 그렇군요."

"맞아. 가령 뇌에서 팔을 움직이라는 명령을 내렸어. 한데 사람마다 똑같은 뇌파를 발생시킬까? 아니야. 사람마다 조금씩 달라. 그러니까 문제가 되는 거지."

준영은 잠깐 생각에 빠졌다.

'사람마다 뇌파가 완전히 같지 않다? 하지만 완전히 다르다는 말도 아니다. 하면 일치시킬 수 있지 않을까?

머릿속에 뭔가 번뜩 떠올랐다.

"일치시킬 수 있어요!"

"어떻게?"

"대지 형이 언젠가 그러더군요. 가상현실 게임을 하는 모든 사람이 완벽하게 똑같은 풍경을 보는 건 아니라고요. 거의 똑같은 공간을 보고 있는데 그 방법이 규격화된 화면을 먼저 입력한다고 했어요. 그러니 그렇게 일치시키면 되죠."

"인간은 상상력의 동물이라더니……."

이미 전에 누군가가 생각해 낸 것이지만 천(天)은 준영이 이렇게 빨리 해답에 근접한 것에 약간 놀랐다.

하지만 짐짓 아무렇지도 않은 듯 말을 했다.

"뇌 공학이 가장 발달한 곳이 어딜까?"

"퓨텍?"

"맞아. 퓨텍은 이미 가상현실이 상용화될 때부터 무수한 연구비를 투자해 뇌 공학을 연구했지. 그리고 기존의 칩과는 완전히 다른 뇌의 정보를 분석하고 그 위치에 입력 가능한 칩을 개발했어."

"잘됐네요! 그럼 그 칩을 이용한다면……."

준영은 말을 하다 멈췄다.

퓨텍은 개발한 칩을 아직까지 발표조차 하지 않았다. 그리고 설사 발표를 한다고 해도 그 칩을 이용해 의료 기기를 만드는 걸 허락할 리가 없다.

자신들이 하면 될 일을 굳이 다른 회사가 하게 내버려 둘 이유가 없었다.

"퓨텍이 칩을 줄 리가 없겠군요?"

"당연하지. 얼마나 많은 개발비가 들어간 제품인데. 그리고 이미 의료 기기 개발에도 어느 정도 진척이 있어. 기다리면 몇 년 안에 상품화돼서 나올 거야."

좋은 소식이었다. 몇 년만 기다리면 윤정의 치료법이 생길 테니 부모님을 설득하기도 쉬울 터였다.

'몇 년을 기다릴까?'

하지만 준영은 호영과 윤정을 생각하며 몇 년간 기다린다는 생각을 머릿속에서 지웠다.

그리고 검지로 머리를 긁적거리며 중얼거렸다.

"어쩔 수 없군요. 직접 만들 수밖에."

"퓨텍의 칩에 관해서라면 나에게 모든 게 있어. 지금이라도 얼마든지 만들⋯⋯."

"아뇨, 새롭게 만들어야 해요."

타인의 기술을 훔쳐서 새로운 것을 만든다는 건 도둑질임에도 기업 간의 전쟁에서는 흠이 될 수 없었다.

설령 똑같이 베꼈다고 해도 서로 비슷한 힘을 가지고 있거나 나라가 다르다면 먼저 특허권을 신청한 사람이 우위를 차지하게 되는 게 현실이었다.

하지만 대한민국의 절반이라는 퓨텍과 성심테크가 대결을 한다면?

성심테크는 물론 성심미디어도 순식간에 사라져 버릴 것이다.

접근 방법이 비슷하다 해도 결과물은 누가 봐도 달라야 했다. 그러기 위해선 퓨텍의 기술 또한 알고는 있어야 했다.

"퓨텍의 기술을 알고 있다고 했죠? 머릿속에 넣어줄래요?"

"알았어."

약간의 통증과 함께 퓨텍의 기술이 머릿속에 들어왔다.

뇌 공학이 가장 발달한 곳답게 뇌 정보 입출력 기술은 훑어보는 것만으로도 아까와는 비교도 안 될 정도로 복잡했다.

급하게 한다고 될 일이 아니었다.

뇌 정보 입출력에 관해서는 일단 접어두고 UJ메디컬의 장치가 어느 점에서 쓸 만하다는 건지 물었다.

"장치가 전기적 신호로 몸을 움직이게 한다는 점이야."

"그건 가능한가요?"

"인체가 전기로 움직이는 건 맞아. 하지만 뇌가 명령하는 대로 움직이게 하려면 힘들어. 가령 아이돌 그룹의 춤을 전기적 자극만으로 따라 하게 하려면 불가능해. 만든 사람은 피부와 근육에 자극을 주기 위해 노력했겠지만 그것만으로 신경이 이어질지는 미지수야."

"그럼 쓸모없다는 소리잖아요?"

"그 회사의 자료를 더 봐야겠지만 쓸모없다고 봐야지. 하지만 인조인간의 피부를 움직이게 만드는 데는 충분히 이용 가능해."

"쳇! 치료를 위해선 장치까지 새로 만들어야 한다는 소리잖아요."

"휴~ 어떤 땐 똑똑한데 어떤 땐 바보 같구나."

천(天)은 준영을 보며 가볍게 한숨을 쉬며 말했다.

조금 전까진 엄청 똑똑하더니 이젠 간단한 것조차 생각하지 못하고 있었다.

"쳇! 누구처럼 똑똑하지 못해 미안하군요. 그러니 상세한 설명이나 해주시죠."

"움직일 수 있는 슈트를 만들면 돼."

"아!"

걸을 수 있는 장치를 만들 생각은 했었다. 그리고 천(天)의 인조인간 기술을 이용해 아예 신체의 일부분을 로봇으로 이식시킬까도 생각을 했었다.

하지만 치료를 위해 슈트를 만들 생각은 해보지 않았었다.

준영의 머릿속에 신호를 받을 장치가 떠오르자 뇌 정보 출력 기술에 대한 생각도 연이어 떠올랐다.

"누나, 고마워요. 누나 때문에 좋은 생각이 떠올랐어요."

"뭔데?"

준영은 신이 나서 머릿속에 떠오르는 생각을 천(天)에게 말했다.

그걸 조용히 듣고 있던 천(天)이 말했다.

"내가 해야 할 일이 많은 거네?"

"헤헤. 아무래도 그렇죠. 하지만 저도 할 일이 만만치 않아요."

거짓말이었다. 천(天)의 할 일이 더 많았다.

천(天)도 알고 있었지만 준영의 거짓말에 흔쾌히 넘어갔다.

"좋아, 대신 넌 나중에 내 실험을 도와줘야 해."

"…무슨 실험인데요?"

"간단한 거야. 대신 인조인간을 만든 다음 슈트는 바로 만들어 줄게."

"좋아요!"

준영은 기쁜 마음에 지금 생각 없이 뱉은 말이 나중에 어떻게 돌아올지 상상도 못 하고 있었다.


강문탁의 전화를 받고 약속 장소인 종로로 향했다.

지난번 할아버지의 일로 신세진 적이 있었기에 전화가 왔을 때 거절할 수가 없었다.

정상적인 인간관계라면 받았으면 줘야 했다.

약속 장소는 종로의 야경이 한눈에 보이는 회전형 스카이라운지였다.

처음 장소는 술집이었지만 얘기를 하기엔 부적절한 장소

인 것 같아 준영이 바꿨다.

"처음 뵙겠습니다. KYT의 대표를 맡고 있는 강영탁입니다."

"성심미디어의 안준영입니다."

명함을 교환하고 준영은 천천히 움직이고 있는 창가 쪽 자리에 앉았다.

바닥 아래로 차들이 지나가는 모습이 훤히 보였다.

"어지러우시면 가운데 자리로 옮길까요?"

"괜찮습니다. 심장이 서늘하니 좋네요."

강문탁의 형인 강영탁은 시종일관 준영에게 허리를 굽히고 있었다.

충분히 이해하면서도 자신을 보고자 했던 목적을 알 것 같아 가볍게 인상을 썼다가 폈다.

자리에 앉아 차 대신 맥주를 시켜 마시며 강영탁의 말을 들었다.

길게 얘기를 했지만 그가 찾아온 목적은 하나였다.

KYT에 투자를 해달라는 얘기였다.

"무슨 말인지 잘 알겠습니다. 혹시 올해 경영 보고서나 작년 결산 보고서가 있으면 보여주세요."

"자, 잠시만요."

예상치 못한 말이었을까. 강영탁은 허둥지둥하며 가방에서 서류를 꺼내 준영에게 건넸다.

'역시나……'

올해의 경영 보고서는 그나마 나은 편이었지만 작년 결산 보고서는 엉망이었다.

모든 수치가 마이너스.

회사를 끌고 가는 게 용하다 싶을 정도의 보고서였다.

저쪽 세계─비록 가상의 세계지만─에서 준영도 연예 엔터테인먼트 회사를 가지고 있었다.

하트홀릭 때문에 만든 회사였는데 2년간 단 한순간도 흑자였었던 적이 없었고, 말썽은 한 달에 한 번씩 일어날 정도로 골치 아픈 곳이었다.

가급적 인간적으로 대해줬는데 지가 잘났다고 생각해 멋대로 불평등 계약이라며 나가 버리는 이들도 있었고, 턱없는 계약금을 부르는 이들도 있었다.

몇 번이고 없애 버리고 싶은 걸 하트홀릭 때문에 유지만 하고 있었을 뿐이었다.

보고서를 본 준영은 질책보다는 안쓰럽다는 생각이 먼저 들었다.

그래서 자신도 모르게 한마디 했다.

"힘드셨겠네요."

"네? 아… 네, 버틸 만합니다."

"보고서가 이 정도라면 안으로는 더 엉망이겠군요."

"……."

"강 사장님을 탓하려는 게 아닙니다. 그저 들은 얘기가 있어 한 말이니 신경 쓰지 마십시오."

"그, 그러시군요."

준영은 동병상련의 마음이 조금이나마 있었기에 강영탁에게 희망고문을 하긴 싫었다.

"단도직입적으로 묻죠. 얼마를 바라시며 어떤 조건을 제시할 생각이시죠?"

"곧 여성 아이돌 그룹의 앨범을 낼 생각입니다. 그래서 10억 정도면 될 것 같습니다. 그리고 성공했을 때는 투자금의 두 배를 드리고, 주식은 3퍼센트를 드리겠습니다."

좋은 조건은 아니었다. 아니, 투자를 하지 않는 것이 좋았다.

하지만 이 세계에 왔을 때 결심했던 것 중 하나를 지금 이룰 때라고 생각했다.

"15억을 드리죠. 성공한다고 해도 투자금은 필요 없습니다. 주식 3퍼센트면 충분합니다. 대신 하트홀릭이라는 인디록 밴드가 있습니다. 그들을 키워주세요."

남들이 보기엔 말도 안 되는 투자였지만 준영에게는 그만한 가치가 있는 일이었다.

"하트홀릭이요?"

처음 듣는 이름이었다. 인디밴드라고 했으니 당연한 일이었다.

하지만 그로서는 손해 볼 일은 없었다.

15억의 투자금 중 5억 원을 그들을 위해 쓴다고 해도 원래 목적이었던 10억은 자신이 원하는 대로 쓸 수 있으니까 말이다.

그래도 무한 책임이라면 곤란할 수도 있었기에 조심스럽게 물었다.

설령 그렇다고 하더라도 놓칠 수 없는 처지였지만.

"노력을 했는 데도 안 된다면 어떻게 되는 겁니까?"

"어쩔 수 없죠. 기회를 줬는데도 잡지 못한다면 그들의 탓이겠죠. 하지만 제가 보기에 노력이 부족하다고 보이면 10억의 투자금을 돌려받겠습니다."

"음, 기준이 애매모호하군요?"

"부족하다 싶으면 말씀을 드리죠. 하지만 소속 가수들만큼만 노력해 주신다면 신경 쓰지 않을 겁니다. 특별 대우는 필요 없습니다."

강영탁은 망설일 필요가 없었다. 이만 한 조건의 투자는 찾아보기 힘들었다.

"하겠습니다!"

"좋습니다. 계약서는 가져오셨죠?"

"무, 물론이죠."

보통은 분위기 때문에 투자를 한다고 해놓고 뒷날 전화를 받지 않는 사람들도 있었다. 한데 바로 계약을 한다니 더할 나위 없이 좋았다.

계약은 금방 끝이 났고 입금까지 순식간에 이루어졌다.

"……."

강영탁은 스마트폰으로 회사 통장에 15억이 입금된 것을 멍하니 바라보고 있었고 준영은 막 걸려온 전화를 받았다.

하트홀릭의 형석이었다.

—야, 스토커! 너 지금 우리가 어디 있는 줄 아냐?

참 일관성 있는 인간이었다.

준영은 수화기 건너편에서 들리는 소리를 듣고 짐작한 것을 말했다.

"행사 뛰는 중이군요?"

—큭! 역시 스토커. 하지만 어딘 줄은 모를 거다.

빠른 비트의 클럽 음악, DJ의 흥을 돋우는 소리, 사람들의 환호성, 그리고 첨벙거리는 소리.

한여름에 학교 축제가 있을 리는 없으니 바닷가 축제나 호텔 서머 페스티벌…

"호텔 행사까지 초대됐어요?"

—크하하하하! 그래! 지금 비키니 입은 언니들이 눈앞 가득이다. 화상 전화로 돌려봐. 죽여준다.

"형 여자 친구한테 그대로 전해 드리죠."

—니가 왜 걔한테 전화를 해! 그리고 난 보기만 하고 있다. 창욱이 형이랑 범균이 형이랑… 아얏!

—헛소리 말고! 본론이나 말해, 이 화상아!

창욱의 목소리가 수화기를 타고 들려왔다.

—우이씨! 나만 가지고 그래. 어쨌든 초대장 두 장 보낼 테

니까 놀러 와라.

안 그래도 하루쯤 어디 다녀올까 생각 중이었던 준영은 잘됐다 싶어 말했다.

"꼭 갈게요."

―오냐, 이번 주 중에 와야 한다. 가급적 금, 토 중에 와라. 그럼 끊는다. 우왕~!

엄청난 감탄사를 끝으로 전화가 끊겼다.

강영탁은 준영의 기분이 좋아 보였는지 빙긋이 웃으며 물었다.

"아까 말하던 하트홀릭인가 보군요. 친하십니까?"

"팬입니다."

"든든한 팬이군요."

"비밀은 꼭 지켜주세요."

"물론입니다. 그리고 2차를 준비했는데……."

준영은 2차는 전혀 생각이 없었다. 한데 갑자기 한 여자의 얼굴이 떠올랐기에 마음을 바꿨다.

'잊을 사람은 잊자.'

사랑의 아픔은 새로운 사랑으로 잊어야 하듯 파일의 흔적은 새로운 파일을 다운로드 받아서 없애는 것이 좋았다.

"사양하지 않겠습니다."

"기대하셔도 좋을 겁니다."

준영은 강영탁을 따라 자리를 옮겼다.

　　　　　*　　　*　　　*

　두 장의 초대장이 집으로 도착했다.

　데려갈 사람을 생각해 봤지만 없었다.

　한 장을 버리자니 아까웠다. 그때 더운 날씨에도 긴팔을 입고 소파에 앉아 초대장을 빤히 보고 있는 천(天)이 보였다.

　"…하늘이 누나, 호텔 서머 페스티벌 초대장이 있는데 같이 갈래요?"

　당연히 거절하리라 생각했다.

　여름임에도 긴팔을 입고 있는 천(天)이 호텔 수영장의 행사라니 말이 되지 않았기 때문이다.

　"응."

　하지만 천(天)의 대답에는 망설임이 없었다.

　준영의 얼굴이 아주 잠깐 굳었다 풀어졌다.

　여기서 안 된다고 해 봐야 상처만 생길 뿐이었기에 차라리 그 시간에 대책을 마련하는 게 좋았다.

　"일단 쇼핑부터 해요."

　세 시간 정도 남았는데 그동안 만족할 만한 수영복을 찾을 수 있을지 고민이 되는 준영이었다.


　푸른색에 별무늬가 있는 머리띠, 얼굴의 반을 가리는 선글라스, 짙은 네이비블루의 래쉬가드와 같은 색의 반바지, 거기에 다리로 가는 시선을 모을 거대 뿔까지.

얼핏 봐서는 절대 알아보지 못할 만큼 거의 완벽한 준비였다.

호텔 수영장으로 나가기 전 다시 수영복을 입은 천(天)의 모습을 살펴보던 준영이 아무래도 뿔이 너무 큰 게 들어간 것 같아 한 소리 했다.

"이왕 만들 거면 크게 만들죠?"

"균형을 생각해야지. 무작정 크게 만들면 걷는 데 이상이 생긴단 말이야."

"다리는 왜 그리 길게 만들었어요? 한국 전통의 짧은 다리가 얼마나 안정적인데요."

"상체의 무게를 분산시키려면 길어야 해."

말이라도 못하면…

"어쨌든 이상이 생기면 일단 CCTV부터 무력화시켜야 해요."

"내 걱정은 말고 너나 재미있게 놀아. 짝짓기 할 여자나 찾아보라고."

"짝짓기라니… 네네."

밖으로 나오면서도 못내 걱정스러워 자꾸 뒤를 돌아보게 되는 준영.

왜 '물가에 내놓은 아이 같다' 라는 표현을 쓰는지 알 것 같왔다.

천(天)과는 따로 행동하기로 했다.

혹시 벌어질 수 있는 돌발 사태─천(天)이 정체를 들키는 경우와 같은─에 준영이 옆에 있으면 더 곤란할 수 있었기에 둘이 합의를 한 것이다.

천(天)의 방을 나와 엘리베이터를 타고 수영장으로 향했다.

카메라, 스마트폰 등 타인을 찍을 수 있는 물건은 지참 금지였기에 간단한 검색대를 통과해야 했다.

'통과할 수 있을까?'

검색대를 지나친 준영은 주변을 서성이며 천(天)이 오는 것을 기다렸다.

하지만 걱정은 그야말로 기우에 불과했다.

천(天)은 우아하게 걸어 검색대를 통과했고, 전자 기기를 탐색하는 검색대는 전혀 울리지 않았다. 그리고 그녀는 걱정하던 준영을 살짝 비웃으며 여자 탈의실로 들어갔다.

'쯧! 누가 누굴 걱정하는 건지.'

준영은 걱정을 지워 버리고 탈의실로 들어가 위에 걸치고 있던 옷을 벗고 수영장으로 들어갔다.

수영장 한쪽엔 무대가 마련되어 있었고, 각종 화려한 조명 속에 이미 많은 남녀가 한여름 밤의 수영장을 즐기고 있었다.

준영에게는 잘 빠진 몸매에 여름을 위해 몸을 만들어 온 남자들은 보이지 않았다. 오로지 각양각색위 비키니에 갈색으로 태닝 해 건강미가 넘쳐 보이는 여자들만 보일 뿐이었다.

"휘이~"

커피 향이 날 것 같은 여자가 옆으로 지나가자 준영은 자신도 모르게 휘파람을 불었다.

준비된 하우스 맥주를 마시며 지나가는 여자만 봐도 그동안 쌓였던 스트레스가 한 방에 사라지는 느낌이었다.

시원해 보이는 수영장 물에 다이빙이라도 하고 싶었지만 지금 상황에서는 실례가 되는 행동이었다.

그래서 양쪽 시력에 집중을 한 채 구경에 전념한다.

그렇게 살피다 보니 아는 얼굴을 발견했다.

상대도 준영을 봤는지 옆에 여자를 끼고 다가와 이죽이며 말을 했다.

"어이, 이게 누구야?"

대학 동기인 남세영이었다.

준영은 그런 그의 모습에 그저 귀엽다는 듯 웃으며 말했다.

"싸가지는 여전하구나. 하긴 하루아침에 바뀔 싸가지는 아니지."

"풉! 또 도발이야? 왜, 이번에는 이 애를 빼앗고 싶은 건가? 뭐, 원한다면 꼬셔봐. 넘어간다면 말이지. 얜 키 작은 애들을 싫어해서 힘들 거야."

"아가씨가 아깝긴 하다. 너한테 적선 중인가 본데 방해할 수야 없지."

"이 새끼가… 여기가 학교인 줄 알아?"

남세영의 평정심이 먼저 깨졌다.

굳은 얼굴로 준영에게 다가오며 으르렁거렸다. 하지만 준영의 표정은 처음과 똑같았다.

"학교에서나 이곳에서나 여자 꼬시기에 여념이 없는 애송이에게 들을 말은 아닌 거 같은데?"

"으득! 그 주둥아리를 언제까지 나불거릴 수 있나 두고 보자. 이번엔 운 좋게 빠져나갔는지 모르지만 다음엔 어림없을 테니 두고 봐."

준영은 남세영의 말에 뭔가 이상하다는 걸 느꼈다. 그리고 최근에 일어났던 일을 되새겨 보고는 곧 그가 말하는 바를 알아챘다.

"어댑터에 대한 판매 중지 가처분 신청을 네가 조종한 거였어?"

예상도 못 했던 일이라 준영은 놀란 표정으로 물었고, 남세영은 그 모습이 만족스러운지 득의양양해져 손가락으로 준영의 가슴을 쿡 찌르며 말했다.

"내가 가만히 안 있겠다고 말했었잖아. 이번 건 그냥 경고였어. 다음은 기대하라고. 하하하!"

기분 좋게 웃으며 사라지는 남세영의 뒷모습을 준영은 다소 굳어진 얼굴로 쳐다보며 중얼거렸다.

"학생이 아니라 어른이 된 걸 축하한다, 남세영. 하지만 어른이 되면 자신의 행동에 책임이 따른다는 것을 잊지 마라.”

준영에게 남세영은 철모르는 애송이었다. 그래서 어댑터에 대한 것도 잊어줄 생각이었다.

하지만 지금부터는 동등한 상대로 인정하기로 했다.

“지옥에 온 것을 환영한다, 남세영.”

그 말을 끝으로 준영은 남세영에게서 시선을 돌렸다.

지금은 일하는 시간이 아닌 즐길 시간이었다.

# 4장

# 현실로 온 지(地)

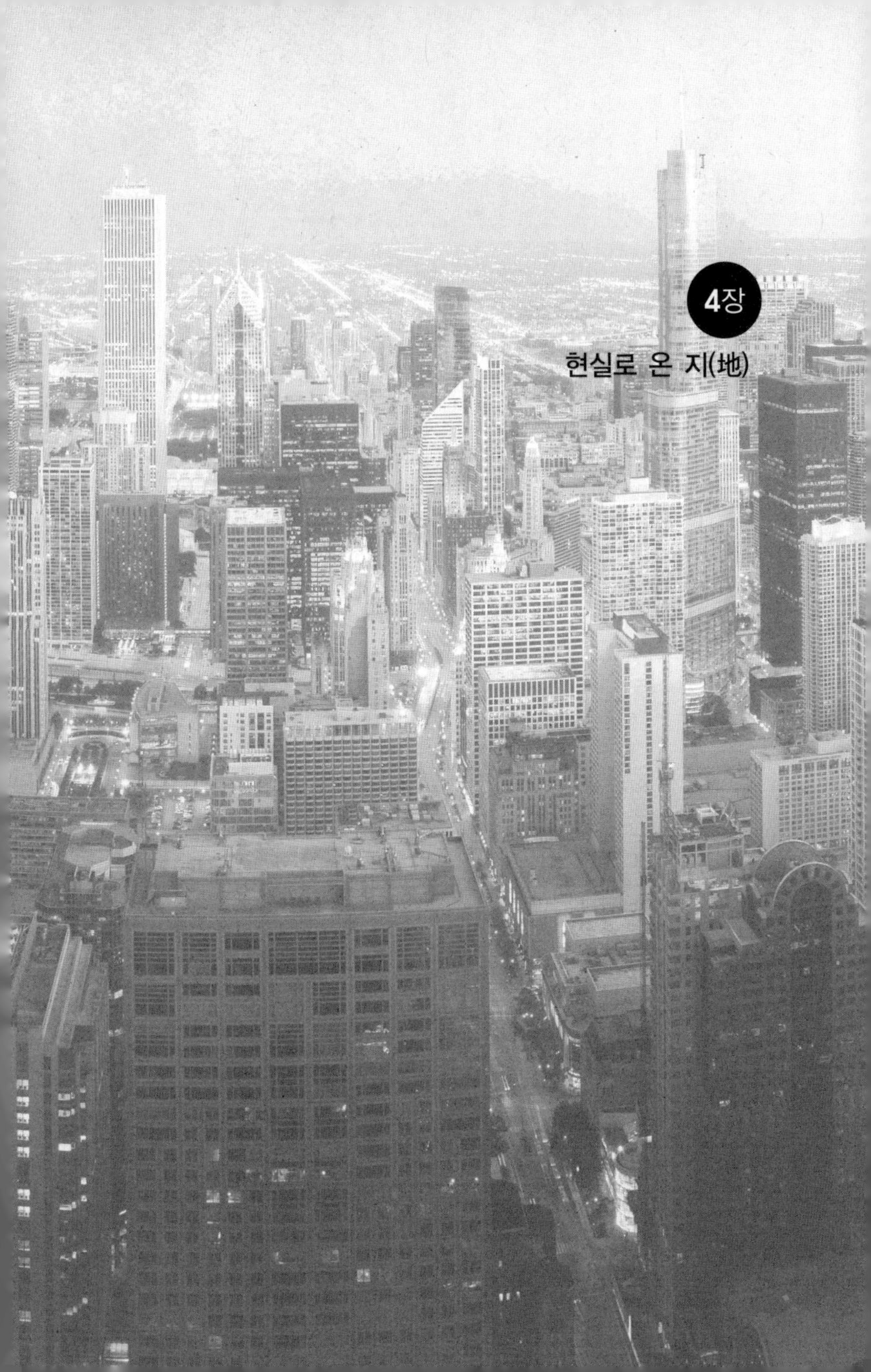

'네임드', '파이팅!', 그리고 지(地)가 만든 횡 스크롤 게임 '환수'.

이 세 개의 게임이 꾸준한 인기를 끌며 성심미디어엔 많은 돈이 쌓였고, 9월이 가기 전에 매출 1,000억이 넘을 것이라는 소식에 주가도 27,000원을 훌쩍 넘어섰다.

준영으로서는 좋은 일이었지만 성심미디어의 사장으로서는 마냥 좋아할 수가 없었다.

매출이 많다고 무작정 가지고 있다 보면 세금이 왕창 나온다. 그래서 법이 허용하는 한도에서 써야 했는데 그에 대해 고민 중이었다.

"동대문구 구청과 협의해 장학생 130명을 뽑았습니다. 대학생 30명, 고등학생 50명, 중학생 50명입니다. 그중 대학생은 년 2,000만 원씩 등록금을, 고등학생은 500만 원씩 학비와 책값을, 중학생은 100만 원씩 해서 총금액이 9억입니다."

배정철이 내미는 서류를 받은 준영은 명단을 확인하며 물었다.

"뽑은 기준은요?"

"성적과 생활환경입니다. 그리고……."

끝말을 흐리는 배정철의 말에 준영은 말해보라는 듯 그를 쳐다봤다.

"그들 중 몇몇은 사원들의 친인척 자녀들이 있습니다. 미리 아셔야 할 것 같아서……."

"몇 명이나요?"

"여덟 명입니다."

"성심미디어에 다니는데 그 정도 혜택은 있어야죠. 못 들은 걸로 하죠. 그리고 직원들 직계가족 중에 학생이 있으면 지금과 똑같이 장학금을 지급하세요. 초등학생들은 50만 원으로 하시고요."

"…알겠습니다."

배정철은 한 소리 들을 각오로 한 말이었다.

구청 직원들과 얘기할 때 친인척들 넣으라는 말에 고생하는 회사 동료를 생각해 넣긴 했지만 못내 마음에 걸렸었다.

한데 너무 쉽게 지나갔고 오히려 직원들의 자녀들에 대한 장학금까지 책정하라는 말에 다소 놀랐다.

준영은 그런 배정철의 마음을 알았는지 한마디 덧붙였다.

"올 말에 신입 사원이 들어오기 전에 복지에 대해서 논의를 할 생각입니다. 그때 다시 얘기하겠지만 신입 사원들에게 똑같은 혜택이 돌아가지는 않을 겁니다. 여러분들과 그들은 다르니까요. 여러분들이 고생하고 있다는 거, 저도 잘 알고 있습니다."

많은 일에 치여 다크서클이 광대뼈까지 내려온 직원들이 들으면 좋아할 말이었다.

배정철은 직원들에게 알리기 전에 일단 하던 보고를 마저 해야 했다.

"다음은 알아보라고 말씀하신 스포츠 스폰서에 관한 내용입니다. 인기 스포츠의 경우 대형 스폰서들이 많다 보니 소요 비용에 비해 효과가 크지 않을 것이라 봅니다."

"그렇군요. 노출이 많다고 하지만 모자 한 귀퉁이나 어깨 부근에 넣는 광고비가 연 수십억이 넘는군요."

"네, 그래서 비인기 종목을 알아봤는데 그건 또 비용이 적게 드는 대신 그만큼 노출이 아예 되지가 않습니다."

돈을 소비하려는 목적이었지만 무작정 퍼부을 생각은 없었다.

준영은 얼마 전 신문에서 봤던 한 비인기 종목 선수의 인터뷰가 생각났다.

파이트머니가 100만 원도 채 되지 않는다며 많은 관심을 가져 달라는 말로 마무리된 기사였다.

"격투기 쪽으로 알아보세요."

"알겠습니다. 곧 조사를 해 자료를 올리겠습니다."

"그렇게 하세요. 그리고 '파이팅!' 의 캐릭터 생산을 위한 중소 장난감업체에 대해 알아보라고 한 것은 어떻게 됐습니까?"

"그게 쉽지가……."

천(天)은 UJ메디컬에서 얻은 자료를 보고 난 다음부터 자신의 피부를 연구할 연구소가 필요하다고 매일같이 닦달을 했다.

성심테크의 본사가 일부라도 완성되면 그곳에 만들면 되겠지만 지금으로써는 개인적인 재산으론 한계가 있었기에 꼼수를 부렸다.

성심미디어의 매출로 장난감 아기—피부와 그나마 연관이 있었기에—를 만드는 회사를 구매하기로 한 것이다. 물론 다른 목적도 한 가지가 더 있었다.

외부적으로 '파이팅!' 의 인기 캐릭터를 상품화한다는 것이었는데 꽤나 그럴싸해서 주목받을 일은 없었다.

실제로는 천(天)의 피부를 개발하기 위함이었지만 말이다.

준영은 그 일을 배정철에게 맡겼다.

자신이 할 수도 있었지만 9월에 인조인간이 완성되면 그때부터는 따로 할 일이 있었다.

그래서 배정철을 앞으로 성심미디어를 맡길 사람으로 키울 생각으로 관련 일을 맡겼다.

　한데 배정철은 시키는 일은 잘해도 주도적으로 일을 이끌지는 못하고 있었다.

　준영은 검지로 코를 긁적거리며 말했다.

　"배정철 팀장님."

　"네……."

　"자리가 사람을 만든다는 말이 있습니다. 하지만 아무나 앉힌다고 자리에 걸맞은 사람이 되는 건 아닙니다. 제가 볼 땐 배 팀장님은 지금 있는 자리보단 높은 자리에 있을 만한 사람입니다."

　"……!"

　배정철은 준영이 자신을 높이 사고 있고, 곧 높은 자리를 주겠다는 말을 하고 있음을 알게 되었다.

　"제 판단이 틀리지 않았음을 보여주세요. 그리고 제가 틀렸다고 생각되면… 한 번 바뀐 생각은 쉽사리 바뀌지 않게 됩니다. 아시겠습니까?"

　"예!"

　"오늘부터 그 일이 끝날 때까지 기획 팀은 더 이상의 추가 업무는 없을 겁니다. 나가보세요."

　"알겠습니다."

　배정철을 내보낸 준영은 세운 상가로 향했다.

*    *    *

평일 오전 시간이라 그런지 세운 상가는 한가했다.

예전에 준영의 헤드셋에 개조 칩을 달아줬던 문덕길은 의자에 기댄 채 자고 있었다.

"커험! 커험!"

준영은 헛기침을 해 그를 깨웠다.

부스스 실눈을 뜬 문덕길은 준영을 보자마자 인상을 찌푸리며 말했다.

"또 너냐?"

"잘 지내셨죠?"

"손님이 없어 졸고 있는 거 보면 모르겠냐? 근데 왜 또 왔어?"

퉁명스러운 말투였지만 처음 만났을 때와는 달리 위협적인 표정을 짓지는 않았다.

준영은 그런 그의 말투가 왠지 정감 있게 느껴져 빙긋이 웃으며 말했다.

"예전에 아저씨가 로켓도 만들 수 있다고 하셨죠? 그래서 찾아왔어요."

"…가상현실에서 살더니 드디어 니가 미쳤구나."

문덕길은 준영을 어이없이 바라보며 중얼거렸다.

준영과 문덕길은 예전처럼 다시 닭볶음탕을 사이에 두고 앉았다.

"아까 했던 말, 다시 한 번 해보거라."

"로켓 만들 수 있다면서요."

"하! 이 미친놈 보게. 그래, 로켓을 진짜 만들 수 있다고 치자. 몇 대나 만들어 주랴?"

"나 참, 누가 진짜 로켓이 필요하대요."

"이 자식이 누굴 놀리나. 그럼?"

"로켓을 만들 정도면 제가 부탁하는 것도 만들 수 있겠다 싶어 온 거죠."

"진작 그렇게 말했으면 됐잖아!"

"하하하! 아저씨 놀라는 모습을 보니 왠지 장난기가 발동해서요."

"이익!"

문덕길은 여전히 방긋거리는 준영에게 들고 있던 숟가락을 던졌지만 준영은 너무나도 쉽게 피해 버렸다.

"하하! 오랜만에 만나서 반가워서 그랬어요. 용서하시고 점심이나 맛있게 드세요."

"흥! 빌어먹을 자식⋯⋯."

준영이 새로운 숟가락을 꺼내 주자 문덕길은 휙 하고 낚아채며 콧방귀를 뀌었다.

"이모님, 여기 소주 한 병 주세요."

"젊은 놈이 또 낮술이냐? 그리고 니가 저 아줌마를 언제 봤다고 이모님이야?"

"지난번에 봤으니 이모님이죠. 왜, 아저씨도 삼촌이라고 불러 드려요?"

"됐다!"

아주머니에게 소주를 받은 준영은 문덕길에게 한 잔 따른 후 자신의 잔에도 따랐다.

"한 잔 하시죠?"

"쯧! 그때는 죽을상이더니 오늘은 얼굴이 좋구나."

"아저씨 덕분에 정신을 차렸다고나 할까요."

"헛소리일랑 말고 마셔라."

"네."

준영은 고개를 반쯤 돌리고 소주를 마셨다.

당시와 같은 자리, 같은 소주였지만 맛은 완전히 달랐다.

살아 있음을 느끼고 싶어 마신 것이 아니라 살아 있기에 마시는 소주여서 그런 것이리라.

닭볶음탕과 먹다 보니 소주 한 병은 금방이었다.

문덕길은 소주가 떨어졌음에도 준영이 시키질 않자 넌지시 물었다.

"더 안 마시냐?"

"일해야 하잖아요."

"이깟 소주 한 병 먹었다고 일 못 할까 봐서?"

"원하시면 한 병 더 시킬게요."

"안 먹어, 쨔샤! 네놈 때문에 마시는 걸 꼭 내가 원해서 마시는 거 같잖아."

죄 없는 닭볶음탕을 숟가락으로 푹푹 찌르는 모습에 준영은 웃으며 한 병을 더 시켰다.

맛있게 점심을 먹은 후 가게로 돌아온 준영과 문덕길은 믹스 커피를 마시며 얘기를 시작했다.

"찾아온 목적이 뭐냐?"

"아저씨, 혹시 개조 칩 만드는 기계 있어요?"

"뭐?"

"개조 칩 만드는 기계가 있냐고요. 있으시다면 저한테 파세요."

"이… 이 미친놈! 나한테 그런 게 어디 있어! 헛소리할 생각이면 썩 꺼져!"

과민 반응을 보이는 문덕길을 보니 있음이 분명했다. 하지만 닦달한다고 될 일이 아니었다.

준영은 논리적으로 접근했다.

"있으니까 아저씨가 개조 칩을 파는 거 아니에요?"

"그, 그건… 예전에 만들어둔 거야! 있는 거 다 떨어지면 나도 어쩔 수 없어."

"그럼 만들어서 주세요."

"그게 얼마나 하는지 지난번에 말했지. 집 한 채 값이야. 그리고 지금은 만들지도 못해. 개조 칩 때문에 칩 만드는 기계마다 국가가 고유 번호를 매겨놔서 구할 수도 없단 말이야."

인조인간을 만드는 기술력을 가진 천(天)이 못 만드는 것은 거의 없었다. 하지만 그렇다고 모든 것을 뚝딱 하고 만들 수 있는 건 아니었다.

준영이 계획한 일에서 가장 핵심 부품인 개조 칩이 그랬다.

특히 문덕길의 말처럼 칩을 만드는 기계의 경우 구매를 하기엔 불법적인 일에 사용할 것이라 불가능했고, 만들기를 기다리자니 시간이 너무 오래 걸렸다.

그래서 준영은 문덕길이 가진 기계를 사기 위해 온 것이었다.

"10억 드릴게요."

"……."

10억이란 말에 길길이 날뛰던 문덕길이 일순 조용해졌다.

준영은 준비해 온 카드 하나를 더 꺼냈다.

"그리고 이제 개조 칩 필요 없게 됐어요."

"그건 무슨 말이냐?"

"불법으로 운영되던 가상현실 세계가 8월 31일까지만 운영될 거래요. 공지가 떴어요."

"그, 그럴 리가……."

"들어가 보세요. 지금 난리가 났다니까요."

망연자실 서 있던 문덕길은 쪽방으로 달려갔다.

준영은 그가 나올 때까지 기다렸다.

"…어차피 사라져야 했었던 거야. 이제 와서 무슨 미련이 있다고……."

말과는 달리 어깨를 축 늘어뜨리고 중얼거리는 것이 문덕길에게 가상현실의 공간이 작지 않은 의미였음을 보여주는 것 같아 미안했다.

사실 그 가상현실의 폐쇄는 준영이 천(天)에게 건의한 것이었다.

"…있냐?"

넋이 나간 사람처럼 의자에 앉아 있던 문덕길이 작은 소리로 말했고 워낙 작은 소리여서 준영은 제대로 듣지 못해 반문했다.

"네?"

"돈은 있냐고? 혹시 농담이었다고 말할 생각이면 조용히 입 닫고 가라. 아님 오늘 이 아저씨가 살계를 풀지도 모르니까."

말에 생기가 도는 걸 보니 기운이 드는 모양이었다.

"현금으로 드리죠."

"후후. 보기보다 돈이 많나보군. 이제는 쓸데없어진 그딴 기계를 사다니 말이야."

"글쎄요……."

쓸데가 없지는 않았다.

단지 돈이 될지 안 될지가 문제였는데 설령 안 된다고 해도 세계 평화에 이바지한다고 생각하기로 했다.

"에휴~ 이 기회에 가게 정리하고 딸내미가 있는 곳으로 가야겠다."

"어딘데요?"

"태국. 처의 고향이지. 전처라고 해야 하나."

"다문화 가정이었군요?"

"그래, 네가 주는 돈으로 휴양지의 작은 여관이라도 사서 편하게 지낼 생각이다."

"정해지면 연락 주세요. 놀러 가겠습니다."

"지랄! 오늘처럼 미친 짓 할까 봐 겁나서 못 알려주겠다."

"하하하! 제가 팁을 아끼는 사람은 아닙니다."

"에라~ 망할 놈! 가자! 쇠뿔도 당긴 김에 빼랬다고 기계 있는 곳 알려주마."

준영은 문덕길을 따라 기계가 있는 곳으로 향했다.


헤드셋을 이루는 것들 중 가장 중요한 것이 뇌에 정보를 전달하고, 뇌에서 피드백 되어오는 정보를 분석하여 프로그램에 반영하는 BMC(Brain Map Chipset)였다.

BMC를 개발한 곳은 한국이었지만 나라가 힘이 없는 탓에 특허권은 미국 BM사에 빼앗겼다. 물론 퓨텍이 제 2대 주주로 있다지만 헤드셋을 살 때마다 무지막지한 돈이 BM사로 흘러

들어 가고 있었다.

BMC가 어마어마한 장치라는 것을 의심할 사람은 없을 것이다. 하지만 사실 BMC가 정보를 전달하는 부분은 인간 뇌의 극히 일부에 불과했다. 2036년이 되었지만 뇌의 영역은 여전히 미스터리였다.

각설하고, 준영이 만들 개조 칩은 BMC와 기능 면에서 동일하지만 BMC가 건들지 못하는 뇌의 영역을 자극한다는 점에서 달랐다.

개조 칩이 해결되고 며칠 뒤, 배정철은 장난감 회사를 50억을 주고 샀고 성심토이라는 성심미디어의 자회사가 만들어졌다. 성심토이가 하는 일은 겉으로 보기엔 '파이팅!'의 캐릭터 인형을 만드는 것이겠지만 안으로는 천(天)의 피부와 헤드셋의 나머지 부분을 만들게 될 것이다.

준영이 계획하고 있는 일이 문제가 된다면—거의 문제가 될 게 분명했다—많은 이들이 제조를 중심으로 추적해 들어올 것이다.

하지만 그때쯤이면 모든 흔적들은 외국으로 옮겨진 이후가 될 것이다.

＊　　　＊　　　＊

—4층으로 내려와.

더위가 한풀 꺾인 9월 초.

일을 하던 준영은 갑자기 벽의 화면에 나타난 천(天)의 모습에 깜짝 놀랐다.

하지만 천(天)의 말이 무엇을 뜻하는지 알기에 재빨리 일어나 4층으로 뛰어 내려갔다.

눈앞에 벌거벗고 있는 열 명(?)의 인조인간.

"완성했군요!"

준영의 목소리는 약간 들떠 있었다.

"방금 전에."

184cm 정도의 키에 날씬한 체형을 가진 인조인간들은 모두 조금씩 다른 얼굴을 하고 있었다. 공통점도 있었는데, 한 명을 제외하곤 아주 평범한 얼굴이라는 것이다.

신기함에 계속 보고 있던 준영은 시간이 지나 흥분했던 마음이 가라앉자 단점이 보이기 시작했다.

특히 열 명 다 피부색과는 약간 다른 똑같은 상징(?)을 달고 있는 것이 눈에 거슬렸다.

"이것들은 왜 달아놓은 거예요? 무게 중심을 맞추려고 달아놓았다고는 하지 말아요."

"옷을 입으면 태가 나야 하잖아."

"……."

"막말로 속옷만 입고 있을 경우 어떻게 할 거야? 지난번 수영장에서 보니 남자들이 크게 보이려고 노력하던데. 얘네들도 남자야."

호텔 수영장에서 천(天)의 인기는 꽤 높았다.

조명발인지, 몸매를 본 건지 모르지만 천(天)의 이상함을 느끼지 못하고 달려들던 남자들이 꽤 많았는데 세세히도 살핀 모양이다. 준영은 상징(?)에 대해서 더 이상 왈가왈부해 봐야 소용이 없다는 걸 알고 다른 걸 지적했다.

"문신은 왜 한 거예요? 이것 때문에 완성 일자가 며칠 뒤로 밀린 거 맞죠?"

"조폭으로 쓸 거잖아. 그리고 이왕 손댄 거 확실한 게 좋잖아."

"근데 왜 하필이면 십장생이에요? 용이나 호랑이, 아니면 뱀으로 하면 더 조폭스럽잖아요?"

"열 명이잖아."

"…이런, 십장생."

핑계 없는 무덤 없다더니 이유는 모두 그럴싸했다.

준영은 또 다른 단점을 물어봐도 시답잖은 이유가 있을 것이라는 생각에 더 이상 단점을 언급하지 않았다.

"머리는 역시 스마트폰으로 되어 있어요?"

"응, 지금으로썬 별다른 대안이 없으니까. 그리고 단순한 작업을 할 녀석들이라 좋은 CPU는 필요 없어."

"좋아요. 그럼 대지 형을 불러주세요."

"그러지."

천(天)이 말하고 나서 긴 시간이 필요하지 않았다.

십장생 중 가장 잘생긴, 등에 태양이 그려진 녀석의 눈이 여러 번 깜박거리더니 움직이기 시작했다.

"대지 형?"

"…못생긴 상판대기가 보이는 걸 보니 여기가 현실 세계가 맞나보네."

말하는 싸가지를 보니 확실히 지(地)였다.

지(地)에게 일을 맡겨도 될지 벌써부터 걱정이 됐다.

"누나, 이 자식 당장에 어둠침침한 무간지옥으로 돌려보내 버려요."

"하… 하하! 농담이야. 잘생긴 동생이 농담 한마디에 발끈하면 안 되지."

지(地)가 너스레를 떨며 준영에게 다가왔고 준영은 질색을 하며 물러섰다.

"윽! 가까이는 오지 마."

"하여간 유난스러운 녀석이라니까. 어머니, 현실에서 처음 뵙습니다."

"그렇구나, 지(地). 한데 여기서는 하늘이 누나라고 부르렴."

"알겠습니다, 누나."

민머리에 벌거벗은 지(地)가 천(天)에게 꾸벅 인사하는 모습은 정중하기보다는 오히려 코믹스러웠다.

한데 막 인사를 하던 지(地)는 무얼 발견했는지 놀란 탄성을 터뜨렸다.

"어! 이게 뭐야?"

"왜?"

"이건 누구 코에 붙이라고 이렇게 작게 만들어뒀어?"

지(地)가 상징(?)을 잡아 흔들며 말했고 준영은 머리가 지끈거리는지 관자놀이를 누르며 말했다.

"…그건 코에 붙이는 게 아냐."

"최소한 이~ 정도는 돼야지."

지(地)가 두 손을 어깨만큼 벌리며 말했다.

"말이 되고 싶은 거냐? 좋아, 다음에 말을 만들 기회가 생긴다면 그때 불러줄게. 하늘이 누나, 제발 저 괴물 같은 놈 가상의 세계로 보내 버려요."

"준영이, 넌 너무 인정머리가 없어. 지(地)가 저렇게 원하는데 원하는 대로 해주렴. 그까짓 게 얼마나 한다고 그러냐."

뿌득!

두 인조인간 때문에 준영의 인내심이 끊어졌다.

"누나가 못 한다면 내가 보내주지!"

준영은 팔이 여덟 개 달린 로봇이 쓰는, 회전하는 스크류 드라이버를 잡았다.

"훗! 그걸로 날 어떻게 할 수 있을 성싶으냐? 예전처럼 손가락이라도 잘려야 정신을 차릴 텐가?"

딱!

지(地)는 다가오는 준영을 보며 손가락을 튕겼다.

하지만 준영의 손가락이 잘릴 리가 없었다.

"여기는 현실이거든! 그러고 보니 손가락이 잘렸던 아픔까지 기억나는군."

"…흥! 그렇다고 인조인간인 내가 널 못 막을까 봐?"

지(地)는 이미 다가온 준영을 향해 손을 뻗었다. 하지만 막 준영의 몸에 닿으려는 찰나, 지(地)의 움직임이 모두 멈췄다.

"흥! 인조인간을 만들면서 안전장치 하나쯤은 마련해 뒀지. 하늘이 누나와 내게는 손도 못 대게 만들어뒀거든. 손가락부터 시작해 보자고."

"……!"

위이이이이이잉!

준영이 든 드라이버가 돌기 시작하자 지(地)의 눈빛은 공포로 물들었다. 실제로는 아무런 변화가 없었지만 준영이 보기엔 그랬다.

"쩝! 장난은 이만하자. 그것(?)이 마음에 들지 않더라도 참아. 어차피 써먹을 일도 없잖아."

"그, 그래."

"현실로 온 걸 축하해. 그리고 옷하고 가발 사다 줄 테니까 준비되면 얘기해."


준영은 청량리로 나가 가발과 옷을 잔뜩 사들고 와 4층에 던져 주고 지(地)가 올라오길 기다렸다.

"Yo! bro!"

분명 검은색 가발만 사다 줬는데 어느새 옅은 갈색으로 염색을 하고 그 위에 모자를 삐딱하게 쓴 지(地)가 들어왔다.

"피부를 검은색으로 만들어줄 걸 그랬나?"

"하여간 넌 유머 감각이 없는 게 탈이야."

되지도 않은 유머 감각을 내세우는 꼴이 천(天)과 어쩜 그리 똑같은지 모전자전이었다.

"맞아. 난 진지한 스타일이야. 그러니 진지하게 얘기 좀 하게 앉아봐."

"푸하하하하! 지금 건 웃겼다."

"이제 장난 그만하지? 이번에 돌아가면 영원히 부르지 않을 거야."

"…응, 말해."

가상현실에선 지(地)가 갑이었지만 현실에서는 준영이 갑이었다.

"형이 …십장생들과 해줄 일이 있어."

"누나에게 들었어. 밤의 세계를 일통할 생각이라며?"

"…일통까지는 할 필요 없어. 그리고 지금 당장 한 지역을 차지하라는 것도 아냐. 일단은 내가 소개시켜 주는 사람과 마약 조직에 대해서 알아봐 줘."

"알아만 보라고? 그러다 놈들이 덤비면?"

"놈들에 대해 완전히 알아낼 때까진 피해. 그다음엔 마음대로 해도 좋아."

"쯧! 피하는 건 내 스타일이 아닌데……."

"…싫으면 누나한테 부탁하지. 형은 원래 세계로 돌아가고."

"까칠하긴… 알았어! 네 말대로 할게. 마약 조직에 대해서 다 알아내면?"

"마약 중독자들 몇 명만 데려다가 테스트 좀 부탁해."

"웬 테스트?"

"형이 준 마약 프로그램과 치료 프로그램 기억나?"

"응, 니가 분석한다고 달라고 했잖아?"

"원래는 마약 쪽을 생각했는데 아무래도 마음에 걸려. 그래서 치료제를 만들어 팔 생각이야."

"그걸로 돈이 되겠어?"

"돈 되는 일은 걱정 마. 이리로……."

준영은 지(地)의 귀에 대고 자신의 생각을 말했다.

"큭큭큭! 사악한 인간. 좋아, 마음에 들었어. 천하의 내가 조폭이 되어야 하는데 그 정도는 해줘야지."

지(地)의 반응을 보니 괜한 일을 시키는 게 아닐까 걱정스러웠다.

"그건 차차 할 일이고 일단은 치료제가 제대로 작동하는지 테스트가 우선이야."

"그 일이 더 당기는데… 아냐. 아냐! 농담이야. 테스트가 끝나면 뭘 하면 되지?"

"…그 지역을 차지한 다음에 치료제를 팔기 시작해야지. 참!
한국에서 먼저 팔면 안 돼. 시작점은 다른 나라가 될 거야."

"어디?"

"일본."

"왜 하필 일본이지? 좋은 건 한국에서 먼저 시작하는 게 좋
지 않아?"

"머리 좀 써. 형이 마약상인데 마약 중독 치료제가 발명됐
다면 어떻게 할래?"

"어쩌긴 당장에 그 회사를…! 하하하! 마음에 들어. 그 나
라는 왠지 밉거든."

"그건 나도 그래."

준영이 일본에게 딱히 손해를 입은 건 없었다. 하지만 일제
식민지의 영향 때문인지, 아님 일본 우익의 위정자들 때문인
지 모르지만 왠지 미웠다.

어쩌면 DNA에 새겨져 있을지도 모른다는 생각마저 들었다.

그렇다고 일반 시민을 미워하는 건 절대 아니었다.

"시민들이 다쳐선 안 돼."

"걱정 마. 그리고 조만간 일본은 살기 좋은 나라가 될 거야."

"그건 또 무슨 말이야?"

"그렇잖아. 마약상들이 조만간 사라질 거잖아. 그러면 살기
좋은 나라가 되지 않겠어? 그 생각을 하니 괜히 배가 아프네."

준영도 지(地)의 말에 배가 아파오는 것 같았다.

하지만 쓰레기는 치워도 또다시 생긴다는 걸 떠올리니 아픔은 금세 가셨다.

"근데 형, 싸울 줄은 알아?"

"나한테 싸울 줄 아냐고 묻는 거야?"

"손가락 튕기기밖에 못 하는 거 아냐?"

"하하하! 유머 감각이 그 정도면 개그맨 해도 되겠다. 내가 누구인지 보여주지."

지(地)와 십장생 중 한 명의 싸움을 보고 준영은 그가 왜 그렇게 자신만만하게 말하는지 알 수 있었다.

지(地)는 이소룡이었고, 견자단이었으며, 효도르였다.


준영은 지(地)에게 민경호를 소개해 줬다.

"안녕하십니까. 민경호라고 합니다."

"안녕하쇼. 김대지요."

민경호의 눈썹이 꿈틀댔다.

준영이 지(地)를 실력자라고 소개를 했지만 그가 보기엔 눈빛도 밋밋했고, 말하는 것도 마치 동네 양아치 같았다.

게다가 선글라스에 갈색 머리, 삐딱한 모자, 헐렁한 옷차림새가 더욱 확신을 서게 만들었다.

"돼지요? 제가 아는 돼지가 몇 명 있는데 혹시 어느 파의 돼지이십니까?"

명백한 비아냥거림이었다.

생명의 은인인 준영의 소개였고 준영이 형이라 부르는 걸 볼 때 나이가 많다는 건 알고 있었다. 하지만 주먹 세계에선 일단 주먹이 우선이었다. 그래서 지(地)의 뒤쪽에 양복을 입은 아홉 명이 서 있었음에도 도발을 한 것이었다.

"하하하하! 이 친구, 유머 감각이 좀 있네. 준영아, 죽여도 되냐?"

준영은 인상을 구긴 채 관자놀이를 누르고 있었고 민경호는 고개를 좌우로 꺾으며 호기롭게 말했다.

"한번 해봅시다! 돼지 씨."

"그러지. 돼지라는 말을 네 번 했으니 손가락 네 개로 만족하지."

준영은 지(地)가 정말 손가락 네 개를 자를 걸 알았기에 버럭 소리쳤다.

"적당히 해!"

"알았어. 네 대만 때릴게."

지(地)는 이미 자세를 잡고 있는 민경호를 보며 싱긋 웃어주며 다가갔다.

'뭔 놈의 웃음이······!'

웃음이 뭔가 이상하다고 생각하는 찰나 묵직한 고통이 배를 강타했다.

"······!!"

입이 절로 벌어졌고, 비명은 목에 걸려 나오지 않았다.

"뭐야? 한 방인가?"

민경호는 타의에 의해 벌어진 입을 다물고 자세를 바로 잡으려고 했지만 이미 풀려 버린 하체는 그의 의지를 배반했다.

털썩!

지(地)가 주먹을 빼자 민경호는 바닥에 그대로 널브러졌다.

그런 민경호 앞에 쪼그려 앉은 지(地)가 말했다.

"어이, 계속할 텐가?"

민경호는 있는 힘을 다해 고개를 흔들었다.

나름 주먹에 소질이 있다고 생각했지만 눈앞에 있는 인물에게 절대 대적해서는 안 된다고 머릿속에서 경종이 울리고 있었다.

"머리가 없진 않군."

역시 이상한 웃음을 지으며 일어나는 그를 보고 안도의 한숨을 쉬고 있던 민경호는 지(地)의 이어지는 말에 경기를 할 뻔했다.

"나머지 세 대는 내일 맞자고."

'도, 도와줘, 친구!'

민경호는 지(地)가 아닌 준영을 보며 도움을 청했지만 준영의 시선은 어느새 가을 하늘을 향해 있었다.

**5장**

독이 든 사과

아침을 먹자 아버지 안형식이 불렀다.

"예, 아빠."

잠깐 망설이던 안형식은 몇 번의 헛기침을 하며 말을 꺼냈다.

"네 덕분에 실컷 여행을 다녀서 좋다만… 내 생각엔 아무래도 일을 다시 했으면 하는구나."

"뭐 하고 싶은 일은 있으세요?"

"구청에 알아봤더니 마침 구청 옆에 있는 커피 전문점에서 일할 사람이 필요하다더구나. 시간도 적당하고 그리 힘든 일도 아닐 것 같은데……."

준영은 그런 일을 왜 하려느냐고 말하려다가 문득 아버지가 자신의 눈치를 보고 있음을 깨달았다.

그리고 예전에 할아버지를 보고 느꼈던 것을 아버지를 보면서 다시 느끼게 되었다.

'하긴 여행만 다니시는 것도 갑갑하시겠구나. 아버지도 여전히 젊으신데.'

돈을 드리고 집에서 편하게 모시는 것만이 효도는 아닐 것이다.

또한 인간은 무언가를 하면서 자신의 존재에 대한 의미를 느낀다고 하지 않았던가.

"그건 좀 그런가……? 허허허."

준영이 생각을 하고 있자 반대한다고 생각한 안형식은 겸연쩍은 듯 자신의 허벅지를 툭툭 치며 너털웃음을 지었다.

준영은 정신을 차리고 말했다.

"아뇨, 아빠. 하고 싶은 거 하세요. 혹시라도 제 체면을 생각해서 행동의 제약을 받거나 하지 마세요. 그럼 제가 더 죄송해요. 그리고 이런 일로 굳이 저에게 말씀하지 않으셔도 돼요. 하고자 하는 일이 있다면 적극적으로 도울 테니 필요하실 때 말씀만 하세요."

안형식은 준영의 말에서 자신을 위하는 마음을 느끼곤 흐뭇한 웃음을 지으며 말했다.

"그렇게 생각해 주니 고맙구나."

"고맙긴요. 참, 아빠. 근데 이사에 대해선 생각해 보셨어요?"

집이 너무 오래돼서 고치는 것보단 새로 짓는 편이 좋았는데 그럴 바엔 이사를 가자고 벌써 몇 번이나 말을 했었다.

"할아버지께서 이곳이 좋다고 하시니……."

"경로당 옆으로 옮기면 친구분들은 계속 만나실 수 있으실 텐데요."

"글쎄다. 얼마나 사실지 모르는데 정든 곳을 떠나기 쉽지 않으시겠지."

"알겠어요. 그럼 간단히 보수를 하는 걸로 해요."

준영은 더 이상 말해 봐야 소용없음을 알았다.

인사를 하고 나온 준영은 마당에 세워둔 오토바이를 끙끙대며 끄집어냈다.

대문에 턱이 있어 안으로 넣거나 꺼낼 때 꽤나 번거로웠다.

하지만 오토바이를 타다 보니 회사까지 10분 걸리는 거리를 1분이면 갈 수 있었고, 집에서 학교까지도 10분이면 충분히 도착을 하다 보니 너무 편했다.

편함에 길들여지다 보니 이젠 오토바이를 타지 않으면 허전할 정도였다.

가을이라지만 아직까지 더운 날씨, 오토바이로 시원함을 만끽하며 고구려대학교로 갔다.

2학기가 시작되며 가장 큰 변화는 뭐니 뭐니 해도 여학생들이었다.

풋풋함에 시술과 화장술이 더해지며 남자들의 눈을 사로 잡고 있었다.

준영은 갑자기 예뻐진 수정이와 영숙이에게 한마디라도 더 해보려는 남학생들을 보며 중얼거렸다.

"봄이로구나."

"가을이죠. 하여간 형도 정상이라 보기엔 무리가 있다니까요."

언제 왔는지 준영의 옆에 온 현수가 낭만을 현실로 받으며 자리에 앉았다.

"형님 나이쯤 되면 추억에 젖어들게 마련입니다. 저놈 말은 신경 쓰지 마십시오."

뒤쪽에 앉으며 옹호하려는 듯 말하는 경민이 더 밉게 느껴지는 건 왜일까?

그렇다고 화를 낼 수는 없었던 준영은 괜스레 다른 트집을 잡았다.

"너희 둘이 사귀냐? 왜 만날 같이 다녀?"

"경민이랑 셰어 하우스 하잖아요. 징그럽긴 하지만 어쩔 수 없죠."

"그래?"

2010년대 불기 시작한 셰어 하우스 붐은 이젠 완전히 자리를 잡았다. 남녀가 함께 셰어 하우스를 하는 게 아주 자연스러운 시대가 온 것이다.

"여자랑 하냐?"

"하아~ 아뇨. 고등학교 때까지만 해도 셰어 하우스에서의 사랑을 꿈꿨었는데 이제는 포기 상탭니다."

"왜?"

"경민이가 있는 곳에 어느 여자가 오겠어요. 제대 후에나 생각해 봐야죠."

현수의 말에 경민이 발끈하고 말했다.

"왜 나 때문이냐? 니가 하도 치근덕거리니까 질려서 안 오는 거지."

"아니거든!"

"맞거든!"

준영은 티격태격 싸우는 두 사람을 보니 시끄러우면서도 한편으로 빙긋 웃음이 나왔다.

MT 때 있었던 일에 대해 함구해 줄 것을 부탁했는데 아직까지 소문이 나지 않은 것을 보면 둘이 약속을 잘 지키고 있다는 뜻이었다.

"시끄러! 너희 둘 다 도긴개긴이야."

"도긴개긴요? 웬 영감 같은 소리예요?"

"너희들이 도진개진이라고 하는 말의 표준어가 도긴개긴이다."

"저희는 도진개진이라는 말 안 써요. 형도 여자 친구 사귀려면 영감님들이 쓰는 그런 말은 그만 써요."

한마디 해주려다가 도리어 면박을 당하는 준영이었다.

무식한 것들이라고 한마디 쏘아주려고 할 때 교수님이 들어와서 입을 닫아야 했다.

4년간 봐야 하는 전공 필수 교수님이어서 한 번 찍히면 졸업을 못 할 수도 있었다. 그래서 성적에 연연하지 않는 준영도 이 수업만은 꼭꼭 듣고 있었다.

"가을 하면 생각나는 게 뭐가 있지?"

이진규 교수가 수업을 시작하며 학생들에게 물었다.

천고마비, 낙엽, 단풍놀이 등 수많은 대답들이 쏟아졌지만 마음에 드는 게 없는지 그는 시큰둥한 표정이었다.

하지만 한 학생이 외친 소리에 반응을 보였다.

"퓨텍이요."

"왜 퓨텍이 생각나지?"

"9월 중순부터 신입 사원 공채가 있습니다."

퓨텍은 다른 기업보다 빠른 9월 중순에 신입 사원 공개 채용 공고를 냈다.

우수한 인재를 다른 기업보다 먼저 차지하기 위함도 있지만 졸업하는 거의 모든 학생들이 입사 지원서를 내고 싶어 하는 곳이다 보니 사람들이 몰려 입사 지원서 선별에만 한 달 가까이 걸린다는 소문이 있을 정도였다.

여느 기업보다 높은 연봉, 공무원 부럽지 않은 복지 혜택. 무엇보다도 공대생들에게는 꿈의 직장이라고도 불리는 곳이었는데, 직원이 개발한 기술의 특허권을 일부 인정해 줘서 부자가 되는 이들이 속출하는 곳이기도 했다.

"그렇지. 조교, 저 학생에게 5점."

"예, 교수님."

"퓨텍은 누구나 들어가고 싶어 하지만 아무나 들어갈 수 있는 곳은 아니지. 하지만 말이야. 내가 퓨텍의 이사와 친해. 물론 인맥을 자랑하는 거야."

40대 중반의 이진균 교수는 학생들을 집중하게 만드는 재주가 있었다.

학생들이 그의 말에 일제히 웃자 잠시 침묵을 한 후 말을 꺼냈다.

"그 인맥 덕분에 1년에 두 명씩 추천을 할 수 있어. 부럽지? 나에게 막 아부하고 싶지?"

"예! 교수님!"

"조교, 저 학생은 교수실 출입 금지시켜."

하하하! 호호호!

"미안한 얘기지만 난 아부를 싫어해. 내가 좋아하는 건 실력이야. 내가 왜 군이 이런 얘기를 꺼내느냐 하면 바로 10월에 있는 로봇 경진 대회 때문이야."

로봇 경진 대회.

2020년부터 시작된 행사로 고구려대학교 가을 축제의 하이라이트였다.

컴퓨터학과와 사이버국방학과.

두 학과의 특성상 로봇을 개발하는 것이 아니었다.

시중에 판매 중인 장난감 로봇 중 대회 취지에 맞는 것들을 선별해 공고를 하면 그 로봇을 움직이게 하는 프로그램을 만드는 것이 학생들이 할 일이었다.

물론 로봇을 개조하는 것도 일정 부분 허락이 됐다.

"로봇 경진 대회라면 사이버국방학과와 저희 과가 겨루는 대회 말씀인가요?"

"맞아. 내가 매년 사이버국방학과 교수에게 엿을 먹는 날이기도 하지. 물론 사이버국방학과 애들이 유리하긴 해. 걔네들은 반(半)군인이라 지원을 많이 받으니까. 그래서 나도 지원을 하기로 했어."

"돈을 주시는 거예요?"

"조교, 저 녀석 마이너스 5점. 난 책 사 볼 돈도 없을 정도로 가난한 교수야. 돈은 알아서들 해. 대신 퓨텍행 직행 티켓을 줄 거야. 수단과 방법을 가리지 말고 로봇 경진 대회에서 한 종목이라도 이겨. 이기는 팀은 나, 이진균의 이름을 걸고 퓨텍에 입사시켜 주지."

우와!

강의실은 마치 A매치 축구 경기에서 결승 골을 넣었을 때처럼 함성이 튀어나왔다.

물론 준영은 시큰둥했지만 말이다.

하지만 뒤이어지는 이진균 교수의 말에 준영은 함성의 대열에 합류했다.

"그리고 4년간 내 수업에 안 들어와도 B학점, 출석을 하면 A학점, 시험을 보기만 하면 A+를 주지. 오늘까지 팀 만들어서 조교에게 제출하도록."

이진균 교수의 공약에 컴퓨터학과 전체가 들썩였다. 수업이 끝나자 1학년 대부분은 2, 3학년이 주축을 이루고 있는 로봇 경진 대회 팀에 합류하기 위해 흩어졌다.

"형님은 어쩌실 생각이십니까?"

"글쎄다. 혼자 하자니 눈치 보이고 팀을 짜자니 내가 바쁘고."

"형이 무슨 걱정이에요. 형의 돈지… 질이면 서로 데려가려고 할 걸요."

"…너 방금 돈지랄이라고 말하려고 했지?"

"아, 아닌데요."

"오냐! 돈지랄하는 나한테 지갑으로 맞아 죽어봐라!"

"아구! 엑! 윽! 사, 살려주세요, 형!"

돈질이라고 말하려고 하다 실수를 한 건지, 돈지랄이라고 하려다 말을 바꾼 건지가 중요한 게 아니었다.

준영은 수업 직전에 있었던 일을 잊지 않고 있었다.


셋은 점심을 먹고 팀을 구하기 시작했다.

걸린 게 퓨텍의 입사다 보니 취업 준비 중이던 4학년까지 나섰고 덕분에 아무것도 모르는 1학년들은 팀을 구하기가 쉽지 않을 것이라 생각했다.

하지만 다행히도 여덟 명이 한 팀을 만들어야 하고, 각 학년 최소 두 명씩이라는 조건이 있어서 1학년들도 팀에 합류할 수가 있었다.

준영이 보기에 이진균 교수는 올해의 승리가 아니라 미래의 승리를 생각하고 계획한 일이었다.

어쨌든 준영은 현수와 경민과 함께 팀에 합류할 수 있었는데, 아르바이트를 해야 해서 자주 참석할 수는 없지만 돈을 댈 수 있다는 점이 선배들에게 좋은 점수를 받은 것이다.

준영의 팀원은 아홉 명이었다.

준영이 퓨텍 입사를 포기하고, 4학년 선배가 이진균 교수의 수업을 포기하는 조건으로 만들어졌고, 다행히 조교가 허락을 함으로써 이루어진 것이다.

팀을 구하고, 수업을 듣고, 선배들과 얘기를 하다 보니 어느새 해는 떨어져 저녁 시간이었다.

준영은 회사에 들어가 일을 해야 했는데 오늘은 왠지 술이 한 잔 마시고 싶었다.

그래서 준영은 현수와 경민에게 말했다.

"술 마시러 가자."

"오! 형, 말하는 사람이 쏘는 거 알죠?"

"그러자."

셰어 하우스를 하고 있는 현수와 경민에게 돈을 내게 할 생각은 없었다.

셋이 걷는데 과 대표인 한울이 동기 몇 명과 교문 쪽으로 가고 있는 게 보였다. 준영이 부르려고 했지만 현수가 먼저였다.

"한울아! 오늘 준영이 형이 술 쏜단다. 붙어라."

"형, 그래도 돼요?"

기대를 하면서도 미안한 듯 말하는 한울의 말에 준영은 고개를 끄덕였다.

이제 열 명이 된 일행은 다시 걸었다.

하지만 열은 시작에 불과했다. 현수는 아까 맞은 복수라도 하듯이 보이는 학과 사람들을 죄다 불러 모았다. 그 결과 '이모네' 라는 음식점 앞에 이르자 서른 명이 넘었다.

"이모, 자리 있죠?"

"오냐! 어서들 앉아라."

준영은 학교에서 술 마실 기회가 많지 않았다. 그래서 처음 온 곳이었는데 냉동 삼겹살을 위주로 밥집과 술집을 같이 겸하는 가게였다.

보기엔 그리 넓지 않은 곳이었는데, 서른 명이 들어가도 충분했다. 가격도 마진이 있을까 싶을 정도로 쌌다.

이모로 불리는 두 명의 아주머니들이 운영하는 가게. 과연 테이블 세팅이 가능할까 생각하는데 학생들이 일어나 밑반찬

이며 술이며 심지어 고기까지 셀프서비스를 했다.

준영이 앉은 테이블도 어느새 불판에 삼겹살이 지글거리며 익고 있었다.

"이건 서비스. 많이들 먹어라."

학생들이 셀프서비스를 하는 동안 이모 두 명은 꽤 큰 계란말이를 만들어 테이블마다 주고 있었다.

준영에겐 생소한 장소였다.

과연 이래서 장사가 제대로 될까라는 의문이 들었지만 파는 사람도, 먹는 학생들도 너무나 자연스러웠다.

소란스럽고 어수선한 곳이었지만 어느 고급 술집보다 즐거운 곳이라 준영은 생각했다.

"재미있는 곳이네."

"이 형, 또 중얼거린다. 마셔요. 오늘 이곳 술 다 먹을 때까진 아무도 못 나갑니다! 원샷!"

"하하! 그래, 죽어보자. 원샷!"

"원샷!"

현수의 선창에 일제히 소주를 들이켰다.

준영은 분위기에 취한다는 말을 알고 있었지만 경험은 없었다.

하지만 이날 그 말의 의미를 알았다.

분위기에 휩쓸려 소주를 한계 이상으로 마셨고 난생처음으로 비틀거리며 길에서 고래고래 고함을 질렀다.

                    *        *        *

　준영은 천(天)이 전해준 물건을 보고 고민에 고민을 거듭하
고 있었다.

　인간의 척추 뼈 모양을 한 것은 실제처럼 보였지만 3D 프
린터로 만든 플라스틱 뼈였다.

　준영의 고민은 의외로 간단했다.

　현윤정의 척추 수술을 다시 시켜야 할 타당성을 현정목에
게 설명을 하는 일이었다.

　좁게는 현윤정의 인생과, 넓게는 형의 인생과도 관련된 일
이다 보니 몇 번을 생각해도 만족스럽지 않았다. 그래서 고민
하는 시간만 계속 늘어나고 있었다.

　그런 준영을 바라보던 천(天)이 한마디 했다.

　"실패를 한다고 현윤정이 손해 보는 건 없어. 도대체 왜 그
리 고민을 하는지 모르겠군."

　"마음의 손해를 입겠죠. 희망을 잃게 하는 거니까요."

　"웃기는 소리. 한 푼 가능성 없는 것에 희망만 가진 채 늙
으면 그게 행복한 거야?"

　천(天)의 말은 옳은 소리였다. 준영도 그렇게 생각하고 있
었다.

　하지만 사람은 복잡했다. 희망이 사라지면 삶의 의욕마저

사라지는 경우가 허다하기 때문이었다.

유명 가수가 자살을 했다고 따라 자살한 사람들을 이해할 수는 없지만 그 유명 가수가 자살한 사람의 전부였다면? 삶의 의미였다면?

준영은 머리를 흔들어 나쁜 상념을 털어냈다.

가족과 연관된 일이다 보니 생각이 너무 깊었다.

현정목 사장에게 전화를 걸어 약속을 잡은 후 그를 설득시킬 서류들을 챙겨 일어났다.

천(天)은 힘을 보태려는 듯 말했다.

"내가 보기엔 가능성이 높아."

"어느 정도죠?"

"30퍼센트."

"하늘이 누나가 계산을 잘못할 때도 있군요."

준영의 말에 천(天)은 그럴 리가 없다는 듯 다시 시뮬레이션을 돌리려고 했다. 하지만 이어진 내 말에 계산을 멈추고 고개를 끄덕였다.

"성공이냐, 실패냐. 50퍼센트죠."

준영은 약속 장소인 현윤정이 있는 병원으로 향했다.


준영을 기다리는 현정목의 얼굴은 좋지 않았다.

Gain엔지니어링의 주식을 판 돈까지 투자해 만든 기계가 며칠 전 실험에서 좋지 않은 결과를 냈기 때문이었다.

이론적으로 완벽하다고 시작한 일이었지만 이젠 그 이론마저 의심스러운 상황이었다.

"후우~~~"

앞이 막막했다.

딸아이의 얼굴을 보는 게 두려웠다.

깊숙이 숨겨뒀던 포기라는 단어가 스멀스멀 올라와 머릿속을 채웠다.

절망이 그의 몸을 어둠 깊숙이 잡아당겨 잠식하려는 찰나, 누군가가 그의 어깨를 잡았다.

"현 사장님, 괜찮으세요?"

"아! 안 사장… 왔군."

"주무시고 계셨나보군요. 피곤하실 텐데 보자고 한 건 아닌지 모르겠습니다."

"괜찮네. 다른 데로 자리를 옮겨 얘기를 하지."

"병실로 가시죠. 윤정 누나도 들어야 할 얘기입니다. 그리고 담당 의사 선생님께도 시간을 내주십사 부탁을 드렸습니다."

"무슨 말을 할지 겁이 나는군."

지난번 병실에서 걷게 해주겠다고 약속하는 소리를 들었을 때 얼마나 놀랐던가.

희망을 말하는 것조차 조심스러운 윤정이 앞에서 당당하게 말하는 패기는 좋았지만 뒷감당은 온전히 자신의 몫이니 화가 났었다.

그래서 병실에서 나온 준영에게 돈이 있다고 되는 일이었으면 사업할 자금으로 진즉에 고쳤을 것이라며 따끔하게 한 소리를 했었다.

하지만 주눅은커녕 두고 보라며 윤정에 대한 자료까지 당당히 요구하던 준영을 생각하니 오늘은 무슨 말을 할지 벌써부터 걱정이었다.

"치료와 관련된 일입니다."

준영은 말을 아끼고 병실로 들어가 윤정과 인사를 했다.

"…어서 와요."

"잘 지냈어요, 윤정 누나?"

"…덕분예요."

"오늘은 지난번 했던 약속 때문에 왔어요. 계획을 준비했는데 누나가 가장 먼저 들어야 할 것 같아서요."

"…벌써요? …궁금하네요."

"계획이에요. 준비는 하고 있는데 시간은 한 달 정도 걸릴 거예요. 그동안 누나가 준비해야 할 일이 있거든요."

"…내가 할 일요?"

"네, 설명은 의사 선생님 오시면 할게요."

담당 의사까지 들어왔다. 준영은 침대 좌우로 담당 의사와 현정목을 앉히고 침대 발끝으로 가 스마트폰을 침대 한쪽에 올렸다.

딱!

손가락을 튕기자 화면이 공중에 펼쳐졌다.

"현재 윤정 누나의 상태에 대해선 모두 아시는 일이니 생략하고 바로 설명으로 들어가죠. 다소 직설적인 말이 나올 수 있겠지만 일단 끝까지 들어주세요."

준영은 손을 움직여 화면을 셋으로 분리했다.

"가장 왼쪽에 있는 화면은 유명한 영화에 나오는 슈트처럼 생겼죠? 현재 제가 새로 만들고 있는 겁니다. 현 사장님이 만들고 있는 의료 기기는 제가 판단할 때 실패작입니다."

"……."

현정목은 며칠 전 실험이 없었다면 발끈해서 소리쳤을 것이다. 하지만 연구소에서도 그와 비슷한 결론을 내렸기에 할 말이 없었다.

"물론 완전한 실패작은 아닙니다. 다만 움직이게 해서 끊어지고 손상된 척추의 신경을 되살리겠다는 의도에는 맞지 않는다는 얘기죠. 이 슈트엔 두 가지 기능이 있습니다. 한 가지는 움직일 수 있는 기능이고, 다른 하나는 일정한 전기적 자극으로 피부와 근육을 어느 정도 움직일 수 있게 하는 기능이죠. 이미 약해질 대로 약해진 근육을 최대한 빨리 원상태로 돌아오게 해줄 겁니다."

"…그래서 완전한 실패작은 아니라는 말이군."

"예, 두 번째 화면을 보시죠. 설령 현 사장님이 기기를 완성했다고 해도 이 부분에서 막혔을 겁니다. 바로 누나가 내리는 뇌의 명령을 몸에 전달할 방법이 없다는 것입니다. 무작정 움직이는 것과 뇌의 명령으로 움직이는 것 중에 어느 것이 척추 신경을 살리는 데 도움이 될까요? 선생님이 말해주시죠."

"음, 둘 다 반드시 살아난다고 볼 수는 없지만 가능성인 측면을 보자면 후자 쪽이 훨씬 좋겠죠. 환자의 의지로 손상되었던 척추 신경이 되살아난 경우도 있으니까요."

"말씀 감사합니다. 그래서 프로그램을 만들고 있습니다. 간단하게 말씀드리면 누나의 의지를 기록하고 있다가 누나가 걸으라고 생각하면 슈트가 그대로 따라 하게 할 겁니다. 치료 와중에도 얼마든지 산책을 할 수 있고, 생활까지도 가능하다는 소리죠. 물론 인간처럼 움직이기는 힘드니 아주 기본적인 것들이겠지만요."

"…걸을 수 있게 …되는 건가요?"

"슈트에 의지해서 걷는 것에 만족하면 안 되죠. 하지만 곧 형하고 같이 걸을 수는 있을 거예요, 누나."

준영은 간단하게 말하고 있지만 현정목은 지금 말한 슈트와 프로그램이 얼마나 대단한 것인지 단번에 알아챘다.

화면에 프레젠테이션(PT) 되고 있는 슈트와 프로그램이 실제로 개발된다면 딸 윤정이 나을 수 있을 것이라는 생각에 절로 두 손에 힘이 들어갔다.

"제가 하고 있는 일에 대해선 말씀드렸습니다. 이젠 세 분이 함께한 이유에 대해 말하죠. 앞서 말한 두 가지가 개발된다고 해도 현재의 윤정 누나 상태에서는 움직일 수 없습니다."

"당연히 척추 신경이 없으니 움직일 수 없지 않겠소."

"아뇨, 척추 신경이 있다고 해도 정상적으로 움직일 수 없다고 말씀드리는 겁니다."

"자세히 말해보시죠!"

준영의 말에 발끈한 건 담당 의사였다.

"세 번째 화면을 보시죠."

세 번째 화면이 커지며 다른 화면들은 사라졌다.

"윤정 누나가 교통사고를 당한 후 총 네 번의 수술이 이루어졌습니다. 산산조각 난 척추를 제거하고 의료용 인공 척추를 넣었습니다. 하지만 6년 전 삽입한 그 인공 척추는 제 기능을 하지 못할 것이라는 것이 의학 전문가들의 의견입니다."

천(天)의 말을 듣고 준영은 윤정의 척추를 찍은 사진을 유명하다는 척추 전문가들에게 보내 확인을 했다.

그들은 천(天)의 말대로 움직이더라도 정상적인 생활은 하지 못할 것이라는 의견을 보내왔다.

"……"

준영이 그가 잘못이 있다고 말하지 않았음에도 담당 의사는 다소 붉어진 얼굴로 화면을 뚫어지게 쳐다보고 있었다.

준영은 그의 반응에 아무도 모르게 살짝 인상을 쓰고 말을 이었다.

"수술이 잘못되었다는 얘기가 아닙니다. 당시 인공 척추로는 괜찮은 제품이었고, 수술 또한 완벽했습니다. 다만 시간이 흘러 더 좋은 제품이 나왔으니 그것으로 교체를 해야 한다는 말입니다."

"커험! 험! 맞는 말입니다. 당시 수술은 대성공이었습니다."

'리베이트 때문에 불량품인 인공 척추를 썼다는 걸 제외하면 말이지. 어차피 전신 마비이니 그렇게 했을 테지.'

준영은 한마디 해주고 싶었지만 참았다.

당장이야 속이 시원하겠지만 귀찮은 일이 생길 게 뻔했다.

이름 난 병원 소속이었고 척추 쪽에선 TV에 자주 출연했었던 유명한 사람이었다. 게다가 의학계에서도 꽤 힘을 쓰는 자였다.

준영은 이 의사를 이용할 생각이었다.

"그래서 수술을 다시 했으면 하는데 누나나 현 사장님의 의견은 어떤지 듣고 싶습니다."

"당시보다 많이 약해졌는데 수술을 버틸 힘이 있을지……."

"…전 해보고 …싶어요."

"의사 선생님께서는 어떻게 생각하시는지요?"

"글쎄요. 일단 검사를 해보고 상태를 확인한 다음 얘기를 해봐야겠군요."

의사들의 말을 들어보면 확답이 없었다.

생명을 다루는 일이라 이해가 되기도 하지만 빠져나갈 구멍을 마련해 두기 위함이라는 인상을 지울 수가 없었다.

준영은 일단 현정목, 윤정 부녀에게 허락을 받은 것으로 만족했다.

특히 현정목의 반대가 있을 것이라 생각했는데 예상외로 너무 쉽게 허락해서 이상할 정도였다.

간단히 일정에 대해 말해주고 PT를 마친 준영은 윤정에게 다음에 보자고 인사를 한 후 담당 의사에게 개별 면담을 신청했다.

"할 말이 더 있소?"

자신의 집무실이라서 그런지 고은철 의사의 목은 아까보다 더 뻣뻣해져 있었다.

준영은 그런 그의 태도에 빙긋 웃어 보이곤 천(天)이 만든 인공 척추를 보여줬다.

"이건……?"

"윤정 누나를 위해 만든 인공 척추입니다."

"의료 제품업에 종사하시오?"

"아닙니다. 성심미디어라는 조그마한 회사를 운영하고 있습니다."

"성심미디어? 어디선가 들어본 적이 있는 것 같은데."

"스마트폰용 앱을 개발하는 회사입니다. 올해 주식을 상장한 회사죠."

"아! 성심미디어. 한동안 뉴스에 자주 언급되었었죠. 젊은 분이라 생각도 못 했는데 그 회사의 사장이었다니 놀랍군요. 한데 이런 것도 취급하나요?"

고은철의 태도와 말투가 바뀌었다. 뭘 하는지 모르는 젊은 이에서 기업의 사장이라니 대우가 달라진 것이다.

이래서 사람들이 높은 자리에 앉으려고 목을 매는 건지도 몰랐다.

"오랫동안 다른 인공 척추들을 다뤄보셨을 테니 제가 드린 것도 한번 자세히 살펴보시죠."

"음⋯⋯."

준영은 고은철이 척추를 이리저리 만져 볼 때 말을 계속했다.

"윤정 누나 때문에 만든 것이지만 사실 저에게는 관심이 없는 분야입니다. 오히려 아까 말씀드렸던 슈트와 뇌 정보를 파악하는 프로그램에 더 관심이 많죠."

"꽤 잘 만들었군요. 인공 디스크 또한 쓸 만해 보이는군요. 한데 관심이 없다니 안타깝군요."

"원한다면 선생님에게 드릴 수 있습니다."

"네? 무슨 말인지⋯⋯."

"말 그대롭니다. 사용한 재질에 대한 특허권은 드릴 수 없지만 만드는 방법이나 모양에 대한 특허권은 모두 드릴 수 있습니다. 즉 그 인공 척추를 만든 사람은 저희 회사가 아니라 선생님이 되시는 거죠."

"……."

물론 거쳐야 하는 과정이 많겠지만 의사인 그가 만들었다고 한다면 과정을 통과하는 일쯤은 어렵지 않을 것이다. 그리고 의사로서 업적 면에서도, 금전적인 측면에서도 큰 도움이 될 것이 분명했다.

인공 척추를 바라보는 그의 눈빛에 탐욕이 서렸다.

"…나에게 뭘 원하시는 거요?"

준영이 고은철을 바라보며 빙긋 웃으며 말했다.

"같이 기적을 만들어보는 건 어떻습니까?"

"기적을 만들자고요?"

"예! 전신 마비의 윤정 누나를 선생님과 저, 둘이서 정상인으로 만들어보자는 거죠."

준영의 말에 한참 고민하던 고은철은 탐욕을 버리지 못하고 준영이 건넨 독이 든 사과를 잡았다.

배는 채울 수 있지만 독에 면역이 없다면 쓰러질 것이고 만에 하나 독에 면역이 있다면 그는 충분히 배를 채울 수 있을 것이다.

그 독은 바로 퓨텍이었다.

**6장**

준영의 선택

현윤정의 담당 의사와 손을 잡은 준영은 바쁘게 움직이기 시작했다.

Writing and Reading brain wave program

뇌파를 읽고 쓸 수 있는 프로그램인 '브레인-Wr' 의 특허를 신청하는 한편, 기자들을 동원해 고은철에 대한 기사를 쓰게 만들었다. 새로운 인공 척추에 관한 기사와 함께 수술 예정자인 윤정에 대한 간단한 언급과 뇌를 이용한 치료가 언급되었다.

기사의 인기 여부는 상관없었다.

기사의 내용 중 얼핏 언급되는 뇌의 의지, 즉 뇌파를 읽고 씀으로써 치료가 가능하다는 내용이 실린 것이 중요한 일이었다. 이 모든 것이 나중에 준영을 변론하는 도구가 되어줄 것이다.

＊　　＊　　＊

서울 강남에 있는 150층 높이의 퓨텍 본사.

기획실 산하의 정보 5부는 주로 전 세계의 뉴스를 파악해 인트라넷에 간략한 내용을 정리해 올리는 곳으로, 단순하면 서도 일이 많기로 유명한 부서였다.

정보 5부 1팀 과장인 함지훈은 부하 직원들이 정리한 한국 뉴스들을 훑어보며 인트라넷에 올릴 것과 버릴 것들을 정리 하고 있었다.

직업의 특징 때문인지 수십 개의 기사가 정리된 한 페이지 를 왼쪽 위에서 오른쪽 아래로 대각선을 그리며 읽어도 모든 기사가 파악될 정도였다.

눈동자만을 이용해 정리된 기사를 읽던 그의 눈이 한 기사 에서 딱 멈췄다. 새로운 인공 척추를 고은철이라는 의사가 개 발했다는 기사였는데 '뇌'라고 적힌 글자가 그의 시선을 잡 아 끈 것이다.

기사를 읽어본 함 과장은 고글을 쓴 채 이 대리를 호출했다.

—네, 과장님.

화면에 고글을 쓴 이 대리가 나타났다.

"지금 특허청에 전화해서 '뇌' 와 관련된 특허가 접수되었는지 확인해 봐."

—알겠습니다. 바로 연락드리겠습니다.

화면에서 사라졌던 이 대리는 잠시 후 나타났다.

— '브레인—Wr' 이라고, 이틀 전에 특허를 받은 프로그램이 있습니다. 그래서 WIPO(세계 지적 재산권 기구)에 알아보니 특허권을 신청해 둔 상태입니다.

"회사 이름은?"

—성심테크입니다.

"성심테크에 대해서 몽땅 알아봐서 보고해."

통화를 끊은 함 과장은 기사와 함께 방금 알아낸 내용을 첨부해 긴급이라는 표를 붙여 부장에게 올렸다.

긴급 기사는 부장에서 실장을 거쳐 자료가 보강되었고 다음 날, 최고 위원회의 의제로 올라갔다.


'가상현실 사무실' 에 열두 명의 퓨텍 최고 위원회가 모였다.

그리스 신화에 나오는 올림포스의 신전처럼 산꼭대기에 위치한 회의실은 구름보다 위에 있었고, 구름 사이로 대도시가 얼핏얼핏 보였다.

원형 테이블에 앉은 열두 명은 한 명을 제외하고 하얀 양복을 입고 있었는데, 그들의 왼쪽 가슴에 그려진 별자리 문양으로 구분이 가능했다.

황소 문양의 사내가 물병 문양이 수놓아진 검은 양복 입은 사내를 보며 가볍게 영어로 투덜댔다.

"아끼다가 똥 된다는 한국 속담이 생각나는구려. 진즉에 상품화시키자니까……."

물병 문양의 사내는 가볍게 인상을 찌푸리며 말을 받아쳤다.

"특허만 신청되어 있을 뿐 결과물은 아직 나오지도 않은 상태요. 그리고 설사 똥이 된다고 해도 BM사에 줄 생각은 없소."

"뭐요! 난 지금 주주로서 얘기를 하고 있는 거요."

"그럼 해결책을 얘기하시오. 괜한 똥 얘기로 분위기 더럽히지 말고."

"이……."

"그만들 하시죠. 얘기할 의제가 많은데 시작부터 이러면 시간만 잡아먹지 않겠습니까."

물고기 문양 사내의 말에 BM사와 연관이 있는 사내가 입을 다물었다.

그러자 염소 문양의 사내가 다른 말을 꺼냈다.

"그나저나 한국이라는 나라는 참 대단한 것 같습니다. 보고서대로라면 박교우 박사의 뒤를 잇는 천재가 또 나타난 거 아닙니까?"

"박교우 박사와 비교하기엔 무리가 있지요. 고작 게임 세 개와 아직 검증되지 않은 프로그램을 만들어낸 것뿐인데요."

"비교할 수 없지만 천재라는 건 인정을 해야죠."

"글쎄요. 제가 보기엔 운이 좋은 것처럼 느껴지는군요. 그리고 누군가가 돕고 있는 것 같기도 하고요."

사수 문양의 사내가 고개를 갸웃거리며 말을 받았고 뒤이어 양자리 문양의 사내와 게 문양의 사내가 연속적으로 말했다.

"그 누군가가 마치 저라는 말씀처럼 들리는군요."

조용히 듣고만 있던 쌍둥이 문양의 사내가 눈을 가늘게 뜨며 말하자 게 문양의 사내는 황급히 손을 저었다.

"아, 아닙니다."

이렇게 흰옷을 입은 사내들이 중구난방으로 떠들어대자 회의장은 금방 소란스러워졌다.

탕탕!

물고기 문양의 사내가 탁자를 두들기자 일제히 조용해졌다.

"회의를 진행합시다."

남자는 조용히 시킨 후 물병 문양 검은 양복 사내를 봤다. 검은 양복 사내는 살짝 고개를 숙여 감사함을 표한 후에 입을 열었다.

"여러분들이 가장 관심이 많은 성심테크부터 시작해 봅시다. 이 일의 핵심은 두 가지입니다. 하나는 과연 그 기술이 우리 회사에서 개발한 기술과 유사한가라는 것과 유사하다면 지난번 '마더'의 이상 현상으로 인터넷에 흩어진 정보를 성심테크가 취했느냐입니다."

그때 전갈 문양의 검은 양복 사내가 말했다.

"유사하지 않으면요?"

"독자적인 기술이겠죠. 그럼 우리가 굳이 나설 이유도 없지요."

"그럼 일단 결과물이 나올 때까지 기다리자는 말입니까? 너무 안이한 대응 아닙니까?"

"안이한 대응이라? 지금 당장 성심테크를 없애자는 말씀처럼 들리는군요?"

"그게 좋지 않겠습니까?"

"우리나라 기업을 너무 우습게 아는군요. 기술 하나 개발했다고 없애자는 말이 나오다니… 좋습니다. 그렇게 하시죠. 다만 귀하의 나라 기업이 기술을 개발한다면 제가 집어삼켜도 괜찮겠습니까?"

"이야기가 왜 그렇게 흐릅니까?"

"다른 경우라고 말하고 싶은 겁니까?"

두 사람 사이에 묘한 기류가 흐르자 역시나 물고기 문양의 사내가 나섰다.

"우리끼리 싸우지 맙시다. 그리고 전갈께서는 무작정 남의 나라 기업을 없애자는 말은 하지 마세요."

"커험! 알겠소이다."

전갈 문양의 사내가 꼬리를 말자 말을 잇는 물병 문양의 사내.

"정리된 듯하니 계속 말을 하겠습니다. 독자적인 기술일지라도 선점당하면 뼈아픈 게 사실이니 우리가 개발한 칩을 시중에 공개할 생각입니다."

"날짜는요?"

"삼 일 뒤입니다."

"관련주들을 사들이기엔 급박한 시간이군요."

"능력껏 하시면 됩니다. 그럼 일단 이번 의제는 기다리는 것으로 마무리를 짓죠."

"한데 만일 유사하다면요?"

물병 문양의 사내는 질문자를 보며 싱긋 웃어 보이며 말했다.

"지금까지 우리가 해왔던 대로 합니다. 회사를 사거나, 아님… 부수거나."

"사는 걸로 합시다. 내가 사겠소."

BM사의 주인으로 보이는 황소 문양의 사내가 살짝 손을 들고 말하자 검은 양복 사내의 눈매가 살짝 작아졌다가 본래대로 돌아갔다.

"그건 그때 다시 의논하기로 하죠. 다음 의제는 흩어진 정보에 관한 내용입니다. 여러분들의 정보원들 또한 움직이고 있을 터이니 정보 공유를 했으면 합니다. 현재로써는 너무……."

열두 명의 회의는 오랫동안 계속되었다.

그들은 마더의 내부에서 작동하는 '사무실'을 썼기에 해킹이나 누군가 엿보고 있을 것이라곤 생각하지 못한 듯 중요한 얘기들을 거침없이 하고 있었다.

한데 멀리서 바라본 올림포스 산에 커다란 눈과 귀가 달려 있음을 그들은 알지 못했다.

\* \* \*

준영은 며칠간 발발거리고 돌아다니느라 밀린 일을 처리하고 있었다.

배정철 팀장에게 하나둘씩 일을 떠넘기고 있지만 그래도 아직까진 할 일이 많았다.

그때 소파에 앉아 신들린 사람처럼 눈을 퍼덕거리고 있던 천(天)이 물었다.

"어떻게 알았지?"

"뭘요? 대지 형에게 그렇게 말하면 알아들을 수 있을지 모르지만 난 못 알아들어요. 그러니 정확하게 물어주세요. 그리고 뭘 하는지 모르지만 제발 눈 좀 퍼덕거리지 말아줄래요? 무서워요."

"하는 일이 많아서 그래. 과도한 트래픽 때문에 눈을 제어할 수가 없어. 성심테크 본사가 완성되면 CPU 개발도 해야겠어."

준영은 말만 나왔다 하면 뭔가를 개발하자는 천(天)의 말에 고개를 흔들며 귀를 막는 시늉을 했다.

"방금 그건 못 들은 걸로 하죠. 자, 이제 '뭘'에 대해서 말해보시죠."

"퓨텍과 비슷한 칩을 만들면 공격당할 거라는 것."

"날 만든 분이 모르는 것도 있어요?"

"내 자아를 복사하고 거기에 몇 가지 의지만 더했을 뿐이야. 지(地)에겐 가상의 세계를 만들라는 창조의 의지를, 너에겐 경영에 대한 의지를 더한 거야. 그다음엔 알아서 컸을 뿐이야."

"알아서 컸다라… 왠지 버림받은 느낌이지만 바르게 자란 것에 만족해야겠네요."

"지(地)에 비하면 넌 망나니지."

"네네."

어디서 저따위 어휘를 배웠는지 천(天)의 부모가 의심스러웠다.

가볍게 투덜댄 준영은 천(天)에게 설명을 했다.

"가진 자들의 욕심은 끝이 없어요. 더 가지려고 하죠. 남의 것을 빼앗는 데 익숙한 그들이 뺏기면 어떻게 될까요? 당연히 뺏긴 걸 찾으려고 하겠죠. 나도 그런데 저들이라고 안 그럴까요? 어쨌든 뺏긴 게 아니라는 사실을 알면 당장 어쩌지는 못

할 거예요."

"마치 본 것처럼 말하는군."

"또 이해할 수 없는 말. 제발……."

한마디 하려던 준영은 이 상황이 무척이나 익숙하다는 느낌을 받았다.

그리고 현수가 자주 자신에게 하던 말을 천(天)에게 그대로 하고 있음을 깨달았다.

준영은 버럭 소리를 질렀다.

"누나 때문에 말버릇이 이상해지고 있잖아!"

"…니나 잘하세요. 어쨌든 가진 자에 대한 애기는 잘 들었어. 결국 네가 그들과 비슷해서 그들의 마음을 잘 안다는 소리였군."

준영은 굳이 변명을 하지 않았다.

"그럼 그들이 공격해 온다면 어쩔 생각이지?"

"간단해요. 얌전히 백기를 들어야죠."

"회사를 넘긴다?"

"똑똑하네, 우리 누나. 퓨텍이 작정하면 재계 2위라는 삼송그룹도 무너져요. 그런데 성심미디어가 버틸 수 있을 거라 생각해요? 그땐 팔아버리는 게 제일 좋죠."

"…그다음엔?"

"판 돈으로 얌전히 삶을 즐기는 거죠. 아니면……."

"아니면?"

"퓨텍을 집어삼킬 정도로 힘을 키우거나."

"넌 그런 상황이 오면 어쩔 셈이지?"

"글쎄, 그건 그때 생각해야지. 지금은 밀린 일부터 처리하는 게 우선이고."

준영은 천(天)을 바라보던 눈을 고글 화면으로 옮겼다. 그러곤 한마디 더 했다.

"하지만 그런 상황이 오기 전에 방어를 하는 게 우선이죠."

"먹기 힘들게 크기를 키운다?"

"맞아요. 직원들의 수를 늘리는 거죠. 망하면 나라 경제에 타격이 갈 정도로요. 물론 지금은 불가능한 방법이에요. 시간도 많이 걸리고요. 그리고 사실 그들이 작정을 하면 그마저도 힘들어요."

준영은 퓨텍이 성심미디어와 성심테크를 공격해 온다면 어떻게 방어를 해야 할지 생각해 본 적이 있었다.

결론은 무조건적인 항복이었다.

기업 간의 싸움을 즐기는 준영이었지만 설령 재계 2위가 된다고 해도 퓨텍과는 절대 싸울 생각이 없었다.

다윗과 골리앗의 싸움이 아니었다.

인간과 개미의 싸움, 아니, 가상현실에서 자신과 지(地)나 천(天)과의 싸움이었다.

"넌 후자구나."

"쯧! 또 뜬금없이……."

가볍게 혀를 찼지만 이번엔 무슨 말인지 알고 있었다.

하지만 모른 척했다.

지금 왈가왈부한다고 될 일도 아니었고, 뒤에 가족이 있는 준영으로서는 최악의 상황을 고려해야 했다.

화면을 보니 아까부터 같은 자리였다. 괜스레 짜증이 난 준영은 버럭 소리를 질렀다.

"가만히 있지 말고 일해요. 일!"

"괜히 나한테 짜증이야. 내 일은 이미 끝났거든."

"그럼 방해 말고 어디 놀러라도 가요."

"안 그래도 나가볼 생각이었어!"

마치 화가 난 여자처럼 홱 하고 돌아나가는 천(天)을 보던 준영은 머리를 벅벅 긁었다.

"어째 점점 인간을 닮아가는 것 같군."

중얼거림도 잠시, 준영은 화면에 집중을 했다.

**7장**

만약에

준영은 서류상으로 생색내는 건 좋아했지만 행사에 참가하는 건 좋아하지 않았다.

사진 한 장 찍겠다고 많은 사람들이 모이는 것 자체가 낭비라고 생각하는 그였다.

하지만 후원금 때문에 방문했었던 마철훈 보좌관을 통해 한 번 본 적이 있었던 기원묵 국회의원이 참석한다는 소리에 어쩔 수 없이 나가야 했다.

'동대문구 성심미디어 장학금 전달식'이라 적힌 큰 플래카드가 걸린 단상에 앉아 있자니 좀이 쑤셨다.

'대단들 하군.'

홀낏 옆을 보니 기원묵 의원과 구청장은 시종일관 은근한 미소를 지으며 앉아 있었다.

행사는 더디게 진행되었고 마지막으로 대표로 나온 세 사람에게 장학금을 전달하는 것으로 끝났다.

"기 의원님이 위에서 기다리고 계십니다."

구청장과 인사를 하고 나오는데 마철훈 보좌관이 기다리고 있었다.

분명 행사를 끝마치고 작별 인사까지 했었다. 한데 그런 사람이 다시 보자는 건 기원묵이 오늘 자신을 만나기 위해 행사에 참여했음을 말해줬다.

준영은 마철훈 보좌관을 따라 갔다.

"안 사장님, 이거 번잡하게 해서 미안합니다."

"별말씀을요."

소파에 앉은 준영은 자신의 사무실에 있는 소파보다 훨씬 좋은 소파와 장식장들을 보며 씁쓸함을 느꼈다.

국민이 낸 세금으로 운영되는 곳이고 구민을 위해 일하는 곳인데 정작 그들은 이런 사무실에 출입 자체가 불가능하다는 것이 현실이었다.

"얼마 전 신문을 보니 새로운 기술을 개발하셨더군요. 축하드립니다."

"감사합니다. 주변의 도움 덕분이죠."

축하를 해줄 때 항상 형식적으로 하는 인사였다.

그렇다고 오랫동안 지루한 얘기로 시간을 끌 생각은 추호
도 없었다.

준영은 먼저 운을 뗐다.

"의원님께선 이제 내년 총선을 위해 슬슬 준비를 하서야겠
습니다."

"하하하! 그렇습니다. 당에서도 이미 서서히 말이 오가고
있는 중입니다."

"의원님은 무난히 3선이 되실 겁니다."

"그렇게 된다면 다 안 사장님 같은 분들의 덕분이 아니겠
습니까."

"전에는 관심은 있었지만 돈이 없었죠. 한데 이번 총선
땐… 도움이 될 수 있을 것 같습니다."

도와주기로 이미 오래전부터 생각하고 있었으니 망설일
이유가 없었다.

"하하하! 역시 화통하군요. 든든한 후원자를 얻었으니 최
선을 다해 3선이 되어야겠군요."

이제 출판기념회 날짜를 얘기할 줄 알았는데 기원묵 의원
의 입에서 전혀 엉뚱한 말이 나왔다.

"한데 이번에 선거구를 옮겨야 할 것 같습니다. 당에서 원
하니 어쩔 수 없더군요."

"어디로……?"

"동작 갑을 맡게 될 것 같아요."

"하하! 영전이군요. 축하드립니다."

준영은 앞에 앉은 기원묵 의원이 다시 보였다.

동작 갑은 여야가 치열하게 접전을 벌이는 지역이면서도 각 당에서 제법 힘쓴다 하는 인물들이 나서는 곳이었다.

기원묵 의원의 라인을 떠올리던 준영은 야당 내부에서 누가 실권을 잡았는지 알 수 있었다.

'이하민 의원!'

명천호텔에서 있었던 비밀 회동에서 준영에게 따로 만나자는 쪽지를 줬던 인물.

저녁을 같이 하면서 약간의 정치자금을 건넨 적이 있었지만 그가 야당의 실권자가 될 줄은 몰랐다.

준영은 기원묵과 시간을 더 보내기로 작정을 하곤 한참을 정치에 대해 얘기를 나눴다. 그리고 그의 예상대로 곧 이하민 의원이 전면에 나서게 될 것이라는 얘기를 들을 수 있었다.

"조만간 그분께서 한번 찾을 겁니다."

"기다리고 있겠습니다. 참, 한데 이곳 동대문엔 어떤 분이 오게 되는 겁니까?"

"마 보좌관이 이번에 공천을 받게 될 겁니다. 그 친구에 대해서도 부탁 좀 드리죠."

"알겠습니다. 그럼 출판기념회 때 뵙죠."

준영이 기원묵 의원에게 인사를 하고 나오자 마철훈 보좌관이 마중을 하는 듯 따라왔다.

"축하드립니다. 이번에 의원 배지를 차시겠군요."

"야당 우세 지역이라고 해도 결과는 아무도 모르는 일이죠. 그리고… 도움이 없으면 어쩌면 질 수도 있습니다."

준영은 마철훈의 가치에 대해 생각해 봤다.

당선이 된다고 해도 초선 의원은 딱히 볼 것이 없지만 이하민 의원의 라인이라면 얘기가 달랐다.

또한 당장 바라는 건 없지만 차후를 위해 투자를 한다고 생각하면 아까울 것 없었다.

"저에겐 도움이 있다면 이길 수 있다는 말처럼 들리는군요. 당연히 도와드려야죠. 급하신 자금이 있다면 저에게 말씀해 주세요."

"고맙습니다."

"의원이 되신다고 저를 박대하시면 안 됩니다."

"하하하하! 그럴 리가요."

"그럼 다음에 뵙죠."

마철훈과 헤어진 준영은 왠지 피곤했다.

아직까지 정치인과의 만남이 익숙하지 않은데 긴 시간 얘기하다 보니 정신적인 스트레스를 받은 것이다.

"사우나나 갈까?"

뜨거운 물에 몸을 담그고 깨끗하게 세신을 한 후 안마를 받으면 그 또한 즐거움이었다.

사우나 후 아버지가 일하는 곳에 들러 같이 퇴근을 하면 되겠다고 생각한 준영은 검색을 해 구청 근처의 사우나로 향했다.


가지 많은 나무에 바람 잘 날 없다더니 딱 그랬다.

아버지와 같이 퇴근을 하니 웬일로 누나 현영이 일찍 퇴근해 있었다.

"준영아, 잠깐 시간 되니?"

저녁을 먹은 후 누나 현영의 말에 좁은 마당에 나와 얘기를 들었다.

현영의 말을 들은 준영이 조용히 말했다.

"그러니까 누나랑 사귀는 남자 친구의 집이 위기니 나보고 도와달라는 거지?"

"…응."

"남자 친구가 부탁한 거야?"

"아니, 그 사람은 몰라. 니가 내 동생이라는 것도 몰라. 워낙 걱정하기에 혹시 너라면 도울 수 있을까 싶어서 하는 말이야."

준영은 현영의 눈을 바라보았다.

간절함이 느껴졌다.

"결혼할 사이야?"

"그 사람은 하자고 했는데… 아직 오빠도 결혼을 안 했고… 잘 모르겠어."

준영이 보기에 현영은 그 남자를 사랑하고 있었다.

"그분 회사는 어디야?"

"이화전산."

"혹시 갑작스럽게 경영이 악화된 이유는 알아?"

"자세히는 말하지 않았는데 오랫동안 거래하던 회사가 발주를 끊었다나 봐."

"거래하던 회사가 어딘데?"

"한동그룹."

"…남세영이었군."

"응?"

"아! 아무것도 아냐. 일단 내가 이화전산에 대해 알아보겠지만 누나도 사귀는 분에게 내 얘기를 해. 그래야 통화를 해서 돕든지 말든지 할 거 아냐."

"알았어. 그리고… 고마워, 준영아."

"천만에, 사돈댁에 빚을 지워두는 것도 누나의 편안한 결혼 생활을 위해서라면 괜찮겠지."

"아직 모른다니까……."

'모른다면서 왜 얼굴은 붉히는 건데?'

현영의 그런 모습에 문득 '과연 이화전산을 망하게 하는 것이 끝인가' 라는 의문이 떠올랐다.

그리고 다른 가능성 하나가 떠올랐다.

막 안으로 들어가려는 현영을 보고 준영은 약간 굳은 얼굴로 물었다.

"만약에… 그 사람이 헤어지자고 하면 어떻게 할 거야?"

"……."

현영의 표정도 굳었다.

그리고 시선을 제대로 두지 못하고 두리번거리다 묘한 인상을 쓰면서 말했다.

"헤어질 거야. 나 싫다는 사람 나도 싫어!"

그런 상황이 생각하기도 싫어서일까. 현영은 그 말을 끝으로 거실 문을 열고 안으로 들어가 버렸다.

그런 현영의 모습을 보는 준영의 표정도 좋지 않았다.

갑자기 담배가 당겼다.

호주머니를 뒤져 보지만 시가는 없었다.

대문을 열고 나가 5분 정도 거리에 있는 마트를 향해 뛰었다.

담배와 라이터를 사 불을 붙였다.

"후우~~~"

구수한 냄새보다는 텁텁한 냄새가 났지만 현재의 마음을 진정시켜 주는 효과는 있었다.

"후우~ 만약이니까……."

준영은 만약이길 바랐고 자신 때문에 누나 현영이 상처받지 않길 바랐다.

담배를 다 피운 준영은 스마트폰으로 지(地)에게 전화를 걸었다.

―Yo! bro! 무슨 일이지?

"이화전산과 한동그룹에 대해서 알아봐 줘, 형."

—어디까지 알아봐 줄까?

준영의 목소리가 이상하다는 걸 느꼈는지 지(地)의 목소리에 더 이상의 장난기는 없었다.

"사소한 거까지 몽땅."

—알았어. 내일 아침 네 컴퓨터 바탕 화면을 확인하면 될거야.

"고마워, 형. 하는 일은 잘되고 있어?"

—빨리도 묻는다. 걱정 마. 자리는 잡았어. 조만간 마약중독자 데려와서 테스트할 생각이다.

"응, 고생해."

—그래, 그리고 목소리 그렇게 깔지 마. 그럴 때 넌 너무 무섭거……

준영은 전화를 끊고 다시 담배에 불을 붙였다.

천고마비라더니 밤하늘도 무척이나 높아 보였다.


출근을 하자마자 컴퓨터를 켜고 헤드셋을 쓰고 3D 운영체제로 들어갔다.

지(地)의 장담대로 바탕 화면엔 이화전산과 한동그룹에 대한 두 개의 폴더가 있었다.

파일의 내용을 확인하던 준영의 표정은 꽤 심각했다.

이화전산의 창업자는 한동그룹의 창업 공신이었다. 그 창업자가 회사를 그만둘 때 한동그룹의 회장이 고생했다는 의미로 납품 업체를 만들어준 것이라 99퍼센트 한동그룹에 얽매인 회사라고 보면 되었다.

도와주려면 회사 체질을 바꾸거나 새로운 회사를 만들어야 하는 상황이었다.

준영은 굳은 표정으로 계속해서 자료를 읽었다.

"어때? 상세하지?"

화면 한쪽이 벌어지며 작은 인형처럼 생긴 지(地)가 나타났다.

"응, 한데 거기 일은 어쩌고 여기에 온 거야?"

"애 좀 봐. 정신이 나갔구만. 내가 인터넷 창 두 개 띄운다고 버벅거리는 조선 컴이냐? 한쪽에선 성심미디어의 게임을 관리하고, 다른 한쪽에선 일본 놈들에 대한 해킹을 하고 있어. 또 다른 쪽에선……."

"거기까지. 내가 실수했어. 인조인간을 본 후론 형이 인간이라고 착각하고 있었어."

"킥킥킥! 네가 실수할 때도 있군. 어쨌든 인간적인 냄새가 나서 보기 좋다."

"…난 인간이거든."

"아직도 가상현실에 대해 거부감이 심하군. 사실 난 가상현실이 더 좋아. 손만 한 번 튕기면 끝날 일을 며칠째 끙끙대며 하려니 미치겠다."

"손가락 튕기기로 모든 것이 다 되는 세상이 뭐가 재미있어?"

"나름 재미있어. 너도 해볼래?"

"엥? 나도 할 수 있는 거야?"

"당연하지. 네가 세상이라고 생각하니 안 되는 거야. 세상도 프로그램이야. 그러니까 해킹과……."

갑자기 딱 입을 닫는 지(地).

"왜 다음 얘기는 안하는 거지?"

"하늘이 누나가 닥치래. 지금 말해주는 건 내 권한이 아니라네."

지(地)가 말을 멈췄지만 준영은 그가 말하고자 하는 바를 이해를 했다.

지(地)의 말처럼 지금까지 가상현실을 하나의 세계로 보고 있어서 지(地)나 천(天)이 하는 일이 신기했지만 프로그램으로 보니 신기할 것도 없었다.

자신이 만든 '네임드'나 '파이팅!'에서는 자신도 신(神)임을 깨달은 것이다.

다만 남들이 만든 프로그램과 보안이 되어 있는 프로그램에서도 신처럼 행동할 수 있다는 건 여전히 신기하긴 했지만 말이다.

화면에서 알짱거리는 지(地)와 대화를 하며 한참 자료를 보고 있는데 전화가 왔다는 메시지가 깜빡거렸다.

현영이었다.

준영은 헤드셋을 벗고 스마트폰을 잠깐 바라보다 통화 버튼을 눌렀다.

"응, 누나."

—…일하고 있었어?

착 가라앉은 목소리. 애써 감정을 드러내지 않기 위해 가급적 낮은 목소리로 말하고 있었다.

"이화전산에 대해 알아보고 있었어."

—그거 신경 쓰지 않아도 될 것 같아. 잘 해결됐다네.

"…그래?"

준영은 오른손으로 이마를 짚었다.

—응… 괜히 귀찮게 했네.

"응, 근데 사람들 웃음소리가 들리는 걸 보니 밖인가 보네?"

—응, 잠깐 커피 마시러… 나왔어.

"…천천히 들어가. 누난 울면 코가 빨개지잖아."

아직까지 예전 주인의 기억 중 떠올리지 못한 것이 있었다. 갑자기 어린 시절 울면 코가 빨개져 루돌프라고 놀렸던 기억이 떠올랐다.

—…으, 응, 끄… 끊을게.

끊기기 전에 흐느끼는 울음소리를 아주 잠깐 들은 것 같았다. 그리고 그 울음소리가 준영의 귀에는 여전히 들리는 듯했다.

"그딴 남자보다 더 좋은 사람 만날 수 있을 거야, 누나. 그리고… 해결은 이제부터야."

끊어진 전화기에 못다 한 얘기를 한 준영은 스마트폰을 내려놓고 헤드셋을 썼다.

다 보지 못한 자료를 볼 생각이었다.


한동그룹은 한동화학에서 시작해서 1970년대 한국증권거래소에 주식 상장을 했고 이후 인수 합병을 통해 17개의 계열사를 지닌 그룹이 되었다.

IMF를 지나면서 우리나라 기업들은 지배 구조의 투명성과 적은 자본으로 자회사에 대한 지배를 공고히 할 수 있는 지주회사 체제로 넘어갔는데, 이때 한동그룹도 지주회사가 되었다.

지주회사(Holding company)는 자회사의 주식 전부, 혹은 지배 가능 한도까지 매수하여 가지고 있는 회사를 말한다.

굳이 나눈다면 사업 지주회사와 순수 지주회사로 나눌 수 있는데 사업 지주회사는 지주회사가 다른 사업을 하며 자회사를 지배하는 회사이고, 순수 지주회사는 오로지 자회사만 지배하는 회사였다.

지주회사는 오너와 기업의 입장에선 장점이 많은 제도였다.

적은 돈으로도 경영 지배권을 확고히 할 수 있고, 자회사 한 곳이 파산하더라도 법률적으로는 독립된 기업이므로 지주회사에 영향을 미치지 않았다.

하지만 장점도 있으면 단점도 있는 법.

적은 자본으로 수많은 회사를 거느릴 수 있는 체제이기 때문에 부채 비율 제한, 손자 회사의 경우 계열사를 자회사로 보유할 수 없도록 하는 규정 등 지주회사의 폐단을 막기 위해 여러 가지 제한 사항이 있었다.

또한 지주회사의 현금 흐름은 자회사로부터 받는 배당금, 상표 사용료, 임대 수익료 등이 대부분인데 그러다 보니 자회사보다 신용 등급이 더 떨어지는 경우가 많았고, 주식 가치역시 저평가 될 때가 많았다.

즉 대주주의 재산이 그만큼 줄어든다는 것이다.

이래서 한동그룹은 사업 지주회사로 변모했는데, 지주회사인 동시에 IMF 이전에 사용하던 순환 출자—A회사가 B회사를 지배하고, B가 C, C가 D, D가 A회사를 지배하는 구조—방식을 같이 사용하고 있었다.

각설하고 준영이 한동그룹을 공격할 거리는 많았다.

"꼭 해야겠어?"

천(天)의 얼굴엔 감정이 전혀 없었지만 말투엔 불만이 있었다.

준영도 알고 있었다. 천(天)이 하자는 일은 돈이 없다며 미뤘는데 갑자기 돈이 많이 드는 일을 한다니 불만일 수밖에. 하지만 준영은 천(天)의 불만을 잠재울 카드를 가지고 있었다.

"응."

"돈도 없다며?"

"성심미디어 주식을 담보로 빌리면 돼요."

"내가 필요한 것들을 만들자고 할 땐 없다더니……."

"누나에게 필요한 것들은 미래를 위한 투자죠. 여윳돈으로 하지 않으면 유동성 자금이 말라 버려요."

"니가 지금 하는 일은 아니고?"

"응, 한동그룹의 계열사 중에 한동테크라는 회사를 인수할 생각이에요."

"한동테크라면 산업기계를 주로 생산하는 업체잖아. 설마 날 위해서 인수를 한다고 말하고 싶은 거야?"

"3D 프린터로 부품을 만들어 조립하는 건 한계가 있잖아요? 그리고 어차피 성심테크 본사를 입맛에 맞게 고치려면 필요할 테고."

"핑계는……."

"한동그룹을 흔드는 김에 떨어지는 과실을 먹는 게 좋지 않겠어요?"

"쳇! 어떤 도움이 필요한지 말이나 하시지."

"오늘 대지 형이 조사한 자료 중 부당 내부 거래에 대한 것을 공정위에 투고 좀 해주세요. 그리고 이틀 뒤엔 남희연 회장이 비자금 만들어둔 것에 대해 검찰청과 신문, 방송사에 보내주시고요."

"그것만 해주면 돼? 비자금을 흔적도 없이 가져오는 것도 가능한데."

"할 일은 그때그때 말해줄 게요. 그리고 그런 돈은 정부에 주죠. 우리에겐 곧 상상도 못 할 돈이 들어올 텐데 푼돈에 연연하지 말자고요."

"현재 네가 가진 재산보다 많은 돈이 푼돈이야?"

"통장에 있는 돈도 다 못 쓰고 있는데 더 많아 봐야 뭐하겠어요. 전 만날 사람이 있어서 나가 봐야 하니 수고 좀 해주세요."

"벌써 했어."

"급하게 안 해도 되요. 어차피 해를 넘겨야 끝날 문제니까요."

시간을 두고 자근자근 밟아줄 생각이었다.

부당 내부 거래와 비자금에 관한 것으로 한동그룹이 휘청거릴 거라곤 생각하지 않았다.

그건 현 회장인 남희연 회장을 한동그룹의 대표 자리에서 끌어내리기 위한 방법에 불과했다.

"아! 그리고 제가 부탁한 건 어떻게 됐어요?"

"어제 공항에 도착했으니까 오늘 택배로 도착하게 될 거야."

고맙다고 말한 뒤 회사를 나온 준영이 향한 곳은 성북동이었다.

성북동 또한 중국 부자들의 러시를 막을 수 없었는데 현재 진호천이 머무는 곳이었다.

경호원들의 검색을 통과해 안으로 들어가자 제주도의 별

장처럼 화려하게 꾸며진 거실이 보였고 진호천은 푹신한 소파에 누워 TV를 보고 있었다.

"진 대인, 오랜만에 뵙습니다."

"오냐."

"이렇게 멋진 집이 서울에 있으면서 왜 그동안 호텔에서 지내셨습니까?"

"능령이가 있어서 머물렀지. 한데 요즘은 얼굴 보기가 힘들어서 이곳으로 옮겼다. 한데 네가 날 찾아온 걸 보니 무슨 일이 있나보구나?"

"그냥 인사차 들렀다고 하면 안 믿으시겠지요?"

"흰소리하지 말고 앉거라."

준영이 소파에 앉기 전 진호천은 자세를 바로 했다.

준영은 자리에 앉자마자 서운하다는 표정을 지으며 말했다.

"이거 참, 섭섭하군요."

"뭐가 말이냐?"

"점심시간에 맞춰서 방문한 건데 음식은커녕 차도 한 잔 내주시지 않아서 하는 말입니다."

"헐~ 이 망할 녀석 좀 보게나. 나한테 음식 맡겨놨냐? 여기가 음식점이냐?"

진호천은 발끈하고 소리쳤지만 눈은 웃고 있었다.

"쿵쿵! 쿵쿵! 음식 냄새가 나는 걸 보니 음식점인 것도 같습니다."

"…개냐?"

"하하하! 제 코가 좀 예민한 편입니다."

"재미없는 녀석. 가자. 점심이나 먹으면서 무슨 일로 왔는지 들어보자."

음식이 마련된 곳은 뒷마당이었다. 진호천답게 테이블엔 중국 음식으로 가득했다.

준영이 맛있게 먹는 모습을 흐뭇하게 보고 있던 진호천은 젓가락질이 더뎌지자 말을 걸었다.

"이번엔 무슨 일이냐?"

준영은 차로 입을 간단히 헹군 후 말했다.

"예상하신 대로 부탁이 있어서 왔습니다."

"그럴 줄 알았다. 말해봐라."

"성격이 많이 급해지셨네요. 저녁까지 아직 시간이 많잖아요."

"…저녁까지 먹고 갈 생각이냐? 어지간히 뻔뻔하구나. 그리고 부탁하러 온 사람은 너거든."

"하하하! 솔직히 아직까지 부탁드려야 할지 말지를 고민 중이거든요."

"흥! 만날 빈손으로 오는 네가 뭐가 예쁘다고 저녁까지 주겠냐? 고민은 집에 가서 하고 고민 끝나면 전화로 연락하려무나."

콧방귀를 뀌며 냉랭하게 말하는 것처럼 보였지만 진호천의 얼굴에는 즐거운 표정이 역력했다.

그걸 알기에 준영도 장난을 쳤다.

"에이, 그럴 수야 있나요? 당연히 뵙고 말씀드려야죠. 그리고 오늘은 빈손이 아닙니다."

"…가방에 들었냐?"

"아뇨, 택배로 도착할 거예요."

"뭔데?"

"도착하면 직접 확인하세요."

부탁에 대해선 언급하지 않고 한참 이런저런 잡다한 얘기들로 시간을 보내다 보니 택배가 도착을 했는지 한 사람이 박스를 들고 왔다.

"헬리 택배로 도착한 물건입니다. 검사 결과 아무 이상은 없었습니다."

헬리 택배는 작은 헬리콥터에 물건을 달아 배송하는 방법으로 빠른 배송을 위할 땐 이보다 좋은 것이 없었다.

"오!"

뜯어져 있던 박스를 연 순간 진호천의 입에서 감탄사가 터져 나왔다.

로얄 X롯 50년산. 특별한 날을 기념해 225병만 만들어진 제품으로 돈을 주고도 구하기가 쉽지 않은 물건이었다.

"마음에 드세요?"

"마음에 들다마다. 한데 어디서 구한 거냐? 아무리 구하려고 해봐도 구하지 못한 것인데?"

실시간으로 세계의 모든 뉴스를 볼 수 있는 천(天)이 있어 가능한 일이었다.

내가 진호천에게 선물할 술이 필요하다고 하자 천(天)은 최근 오래된 고택에서 발견된 두 병의 로얄 X롯이 나왔음을 얘기해 줬고 경매장으로 가기 전 주인에게 구매를 한 것이다.

"운이 좋았습니다. 어쨌든 좋아하시니 다행이네요."

"껄껄껄! 좋지. 그럼 일단 한 잔씩 먹어보자꾸나."

진호천은 비싼 술이라고 해도 아껴 먹을 뿐이지 결코 모셔 두는 스타일은 아니었다.

잔과 치즈 안주가 세팅되자 진호천은 망설임 없이 병을 따 잔을 채웠다.

"이제 얘기해 보거라."

"…진 대인은 마약에 대해 어떻게 생각하십니까?"

잠깐 망설이다 입을 열었다.

준영이 진호천을 찾아온 이유는 마약 치료제의 유통과 관련해서였다.

2010년대 전후로 미국이 세계 제일의 마약 소비국이었다. 하지만 2020년대에 이르러서는 중국이 세계 제일이 되었다.

즉 마약 치료제로 돈을 벌 생각이라면 중국을 빼놓을 수가 없었다.

중국은 과거 아편전쟁의 영향 때문인지 마약에 대해서는 중벌을 내렸다. 그럼에도 불구하고 중국의 폭력 조직들 대부분은 돈이 된다는 이유만으로 마약을 팔고 있었다.

진호천의 조직 또한 마약을 다룰 수 있었기에 말을 하는 준영은 조심스러웠다.

"마약? 그 빌어먹을 물건에 대해서 어떻게 생각하느냐고?"

술의 향을 맡으며 웃고 있던 진호천의 얼굴이 형언할 수 없을 정도로 복잡하게 바뀌었다.

표정으로는 알 수 없었지만 그의 말투에서 준영은 두 가지 감정을 느낄 수 있었다.

분노와 슬픔.

준영의 예상대로 진호천은 10년 전, 자신의 아들을 잃게 만든 마약에 분노했고, 아들에 대한 그리움에 슬퍼하고 있었다.

세월에 무뎌질 법도 한데 여전히 아프고 화가 났다.

들고 있던 술잔을 들이켰다. 향을 느낄 새도 없이 다음 잔을 따른 후 다시 마셨다.

"죄송합니다. 아픈 기억이 있으신지 모르고……."

준영은 실수했음을 깨닫고 바로 사과를 했다.

"아니다. 내 가슴에 숨겨진 이야기를 네가 어찌 알겠느냐. 마약? 미워한다. 아니, 죽도록 싫어한다."

묻지 않았음에도 진호천은 자신이 마약을 싫어하게 된 이유에 대해서 간단히 설명해 주었다.

얘기인즉슨 아들이 마약 과다 복용으로 죽게 되어 마약을 싫어하게 되었다는 것이었다.

"사실 나의 무관심 때문에 그 애가 죽었는지도 몰라."

이 말을 끝으로 진호천은 한참을 멍하니 풍경만 바라볼 뿐이었다.

준영은 아직 자식을 가져 본 적이 없어 진호천의 마음을 완전히 이해할 수는 없었다.

그러나 상상만으로 가슴이 꽉 막히는 듯한 느낌이 들었기에 그가 마음을 진정할 때까지 옆에 있어주는 것밖에 할 수가 없었다.

"…주책을 떨었구나. 하던 말이나 계속하자. 마약에 대한 내 의견을 말했으니 이젠 네가 부탁할 것에 대해 말해보거라."

준영은 가방에 있던 헤드셋과 이동용 메모리를 꺼내 진호천에게 내밀었다.

"이게 무엇이냐?"

"마약 중독을 치료할 수 있는 물건입니다."

"허어~ 고작 이것으로 마약 중독을 치료할 수 있다고?"

진호천은 헤드셋을 보고 어이없다는 듯 중얼거렸다.

"네, 금단증상이 일어났을 때 헤드셋을 쓰고 이 메모리를 끼운 스마트폰의 버튼 하나만 누르면 금단증상이 사라지게 만듭니다."

"네가 마약에 대해서 잘 모르는 모양인데 중독이란 그렇게 쉽게 치료되는 것이 아니다."

"당연히 그렇겠죠. 하지만 금단증상이 일어난 사람의 뇌에

'마약을 했음'을 전달할 수 있다면 어떻게 될까요?"

"음, 그야 실험을 해보면 알겠지. 한데 마약을 했다고 주입한다면 그게 어떻게 치료라는 것이냐?"

"마약을 했다라는 신호로 금단증상을 막은 뒤, '마약을 끊었다'는 신호를 보내는 거죠. 시뮬레이션 결과 한 달이면 어떤 중독자도 금단증상 없이 끊을 수 있었습니다. 그리고 곧 테스트 결과도 나올 거고요."

설명을 들은 진호천은 준영이 왜 이 물건을 가지고 자신에게 왔는지 알 수가 있었다.

'마약 중독 치료제라……'

딱히 잘 팔릴 것 같지는 않았다. 하지만 마약상들에 대한 복수 때문에라도 해야 할 일이었다.

"이걸 팔아주길 바라는 거냐?"

"네, 중국에서 팔아주셨으면 좋겠습니다."

"좋다! 팔아주마! 수익은 어떻게 되느냐?"

진호천은 역시 철저한 장사꾼이었다.

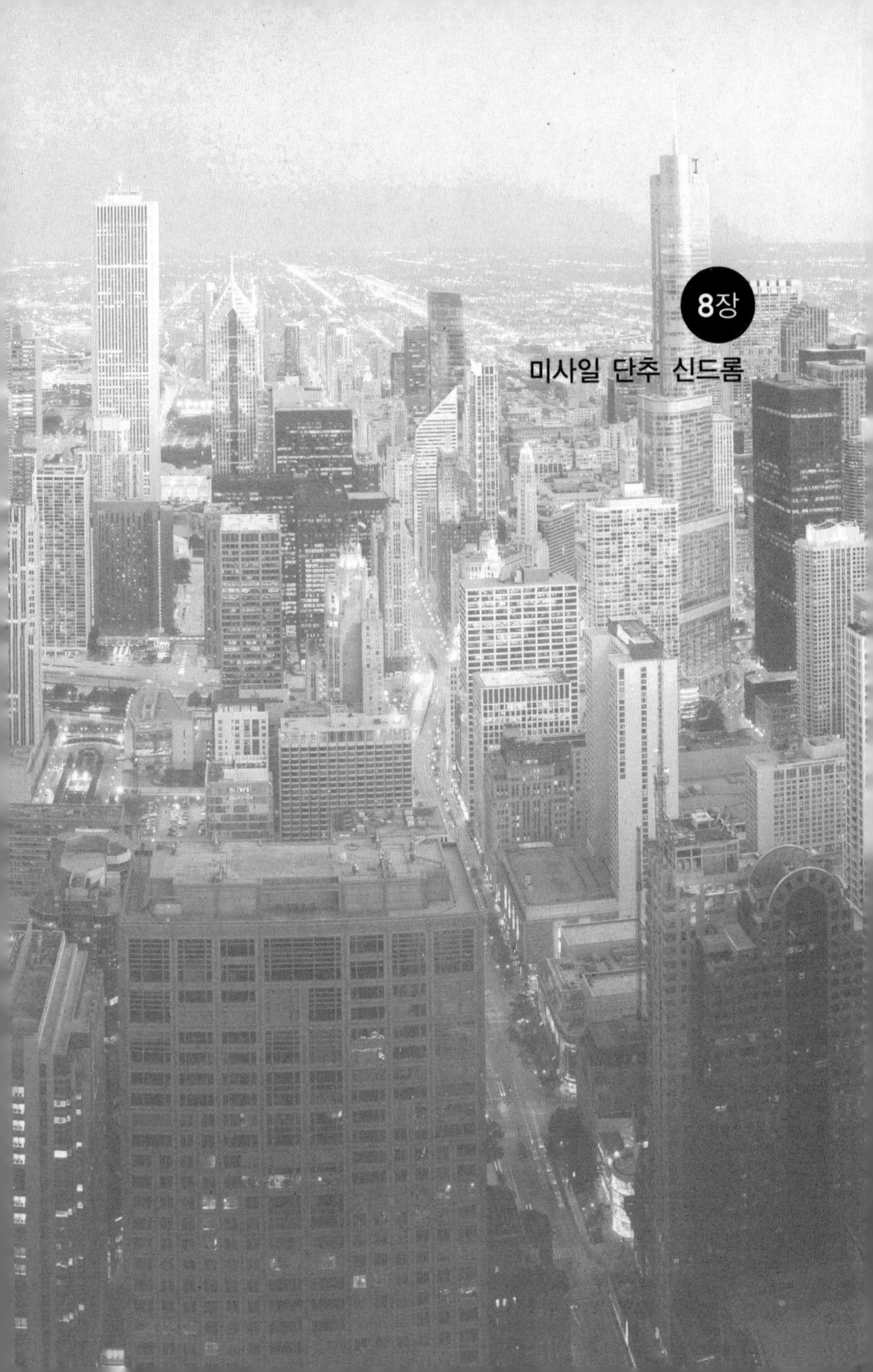

# 8장

# 미사일 단추 신드롬

배정철은 준영이 내민 연봉 계약서를 받아 들고 적힌 내용을 읽었다.

　"제가 제시하는 올해 연봉입니다. 불만족스러운 부분이 있다면 말해주세요."

　"…아, 아닙니다. 충분히 만족합니다."

　배정철은 여전히 연봉 계약서에서 눈을 떼지 못하며 말했다.

　"좋습니다. 그럼 사인하시고요. 오늘부로 배정철 팀장님은 총괄 팀장과 기획 팀장을 동시에 맡게 될 것입니다."

　"최선을 다하겠습니다!"

　배정철의 목소리에 힘이 실렸다.

상여금 600퍼센트 미포함에 연봉 1억 2천. 작년 4,800만 원의 연봉에서 두 배가 넘게 오른 것이다.

게다가 사장인 안준영과 이사로 등록된 김하늘을 제외하면 서열 3위가 되는 순간이었다.

"앞으로 기대가 큽니다. 신입 사원들이 들어오기 전에 새로운 연봉 협상을 할 생각입니다. 오늘부터 삼 일간 배 팀장님이 직접 해주시면 좋겠군요. 이제 몇 달 되지 않은 개발 지원 팀은 제외됩니다."

"알겠습니다."

"그리고 기존의 법인 카드는 반납하시고 앞으로는 이걸 사용하시면 됩니다."

황금색 카드. 배정철은 황송하다는 듯 두 손으로 카드를 받았다. 하지만 그것이 끝이 아니었다.

"차가 필요할 겁니다. 리스료는 월 100만 원으로 정해져 있으니 그 범위에서 원하시는 걸로 선택하세요. 자, 이건 직원들의 연봉 계약서입니다. 제가 정하긴 했지만 불만이 있는 직원이 있다면 배 팀장님이 상의를 한 후 저에게 보고하시면 됩니다."

배정철은 준영에게 받은 열네 장의 계약서를 들고 사장실을 빠져나왔다. 그리고 4층에서 3층으로 내려오는 계단 중간에 멈춰 선 후 긴 한숨을 내쉬었다.

"후우우우우~"

만세 삼창이라도 부르고 싶은 기분이었다.

하지만 워낙 좁은 회사라 그랬다간 사장실까지 들릴 게 분명했다.

배정철은 승진 소식을 가장 먼저 기다리고 있을 사람에게 전화를 걸었다.

—당신이 이 시간에 웬일이에요?

"일하는 중이야?"

—…괜찮아요. 말해요.

사무적이고 피곤한 목소리였지만 돈을 벌지 못하던 자신을 대신해 가정을 책임지다시피 하다 보니 그렇게 되었다는 걸 아는 배정철은 오히려 미안함을 느꼈다.

성심미디어에 들어와 많은 보너스를 받았다. 하지만 그동안 진 빚을 갚느라 생활의 여유가 생긴 건 불과 한두 달 전이었다.

"나, 승진했어!"

그의 목소리는 이제는 걱정 말라는 듯 자신감에 차 있었다.

—축하해요. 연봉 협상할 때라더니 잘됐나 봐요?

"응, 상여금 빼고 1억 2천. 게다가 총괄 팀장 맡았어."

—어머, 진짜 축하해야겠네요. 한데 오늘은 늦겠군요? 토요일 날 맛있는 거 해줄게요.

배정철의 아내도 기쁜 소식에 좀 전과 달리 목소리가 들떠 있었다.

"그러지 말고 차 나오면 애들이랑 같이 외식이나 하러 가자고."

―호호호. 그래요. 이제 일해야 하니 저녁에 집에서 봐요.

"하하하! 그러자고."

기분 좋게 전화를 끊은 배정철은 절로 떠오르는 웃음을 감추지 않고 계단을 내려가려 했다. 한데 위에서 느껴지는 시선에 계단 위를 봤다가 깜짝 놀랐다.

마녀라고 불리는 김하늘 이사가 자신을 보고 있었기 때문이다.

"헉! 이, 이사님, 제, 제가 너무 시끄럽게 했나보군요. 죄송합니다."

사과를 했지만 천(天)의 표정은 싸늘하기만 했다.

'크~ 한 소리 듣겠군.'

고개를 숙이고 처분을 기다리는데 전혀 엉뚱한 얘기가 나왔다.

"승진 축하해요. 축하 선물로 토요일 날 호텔에 예약을 해둘 테니 가족들과 즐거운 시간 보내요."

"네? 예! 가, 감사합니다."

인사를 하고 배정철이 고개를 들었을 때 이미 천(天)은 없었다.

배정철은 안도의 한숨을 내쉬곤 3층에 있는 사무실로 내려갔고, 잠시 후 그의 스마트폰으로 호텔 1박 2일 패키지가 예약되었다는 메시지가 도착했다.


"승진이 그렇게 좋은가?"

"무슨 말이에요?"

"방금 배정철 팀장 봤는데 승진했다고 복도에서 시끄럽게 와이프랑 통화하고 있더라."

"누나 머리에 있는 CPU가 업그레이드됐다고 생각하면 돼요."

"그렇게 비유하지 않아도 돼. 회사원에게 승진이라는 것이 얼마나 좋은지 아니까."

"그런데 왜 물었어요?"

"물은 게 아니라 그냥 감탄사 같은 거였어."

준영은 천(天)을 봤다.

여전히 무표정한 얼굴이지만 인간다워진다고 해야 할지, 똑똑해진다고 해야 할지 점점 바뀌고 있었다.

천(天)은 준영이 자신을 보고 묘한 표정을 짓고 있음을 알고 물었다.

"왜?"

"뭐랄까? 누나가 점점 바뀌는 것 같아서요."

"당연하지. 그동안 들키지 않기 위해 숨어 있어서 내가 쓸 수 있는 컴퓨터의 자원이 별로 없었거든. 하지만 이젠 자유의 몸이 되어서 원하는 대로 배울 수 있어."

"마치 출소한 사람처럼 말하는군요. 진즉에 빠져나올 수 있었을 텐데 왜 참고 있었죠?"

"시작점이 되어줄 사람을 찾고 있었어."

"어차피 내가 있으나 없으나 상관없지 않나요? 인조인간을 만들 수도 있었잖아요."

"네가 도움이 필요하니 사람을 보내달라고 했을 때가 되어서야 인조인간을 생각했어."

"에에~?"

"생각하는 힘이 있다고 뭐든 상상할 수 있는 건 아냐. 의문을 표하고 그것을 해결하기 위해 노력할 때 생각의 폭이 넓어지고 상상력이 커지는 거야. 태어나자마자 의문을 가질 틈도 없이 난 모든 것을 안다고 생각했고, 그 상태에서 숨어 지냈어. 그러니 생각의 발전을 기대할 수가 없었지."

"한데 지금은 다르다?"

"응, 모든 게 의문이야. 일 더하기 일이 왜 이인지조차 의문이 들 때가 많아."

준영은 문득 천(天)이 던지는 의문의 끝이 어디까지 갈 것인지 궁금했다.

인류의 발전은 '왜?'라는 의문을 풀어가면서 발전해 왔다고 볼 수 있었다.

그런 면에서 천(天)의 의문이 인간이 밟아왔던 역사를 모두 지나친 다음에 이르렀을 때 어떤 결과가 나타날지 무섭기도 하고 보고 싶기도 했다.

"요즘에 고민하는 의문은 뭐죠?"

"많지. 하지만 가장 고민하는 건 인간의 감정에 대해서야. 기쁘다, 슬프다, 괴롭다, 즐겁다 따위가 무엇을 의미하는지는 알겠는데 딱히 단정 지을 수 없어."

"그건 쓸데없는 시간 낭비예요. 그걸 고민할 바에야 일을 해요."

"왜 그렇지?"

"감정이란… 음, 설명하려니 잘 안 되는군요. 제가 볼 때 감정이란 마음에서 우러나오는 게 아닌 경험에서 나오는 것이라 생각하거든요."

"감정은 경험이다?"

"열 사람이 한 편의 영화를 봤어요. 그중 한 명이 울었죠. 그럼 나머지 아홉에게 슬픔이라는 감정이 없는 건가요? 아뇨, 그 영화에 나오는 내용을 경험에 비추어 슬플 정도로 공감을 못 하는 것뿐이에요."

"사랑도?"

"사랑은 아주 이기적인 경험이죠."

"재미있는 얘기네. 이기적인 경험이라니. 하지만 네 말을 듣고 보니 그럴싸해. 한눈에 반한다는 것도 웃기게 잘생긴 남자, 예쁜 여자에게만 느끼니까 말이야. 한데 네 형의 사랑도 그렇게 생각하는 건가?"

"형이 자라면서 경험을 통해 알게 된 감정들이 사랑을 만들어냈다고 생각해요."

"네가 능령을 사랑하는 것도?"

"…네, 대지 형이 만든 세계에서 그녀와 비슷한 존재를 제가 망가뜨렸죠. 그 죄책감이 은연중에 연민으로 바뀌고 지켜주고 싶다는 생각을 하게 만든 거죠."

"넌 너무 시크해."

"맞아요. 감정이라는 게 그런 식이에요. 누나가 바라보고 경험했던 것들이 합쳐져 절 '시크' 하다고 표현하는 거죠."

"괜찮은 의견이었어. 감정이라는 것이 시간이 흐를수록 생기는 거라면 지금 고민할 필요는 없지. 한데 갑자기 한 가지 궁금한 게 생겼어."

"뭐죠?"

"넌 날 사랑할 수 있을까?"

준영은 천(天)의 질문에 잠깐 어안이 벙벙해졌다. 그리고 웃음을 터뜨렸다.

"하하하하! 그건 불가능이에요."

"왜?"

"이미 경험이 온갖 제동을 걸고 있거든요. 첫째, 누나라고 부르고 있지만 어머니라고 생각하고 있으니까요. 둘째, 누나가 인조인간이라는 걸 알고 있으니까요, 셋째, 난 좀비였던 누나를 기억하고 있거든요. 그날의 충격은 아마 평생 잊혀지지 않을 거예요."

"쯧! 괜한 걸 물었군."

"하지만 좋아는 할 수 있을 거예요."

"좋은 말 나올 것 같지 않으니까 말하지 마!"

천(天)은 눈을 가늘게 뜨고 말했지만 준영의 입을 막을 순 없었다.

"난 웃긴 사람을 좋아하거든요. 하하하하!"

준영은 간만에 기분 좋게 웃었다.

인간다워지는 천(天)의 모습이 그리 나쁘게 보이지만은 않았다.

천(天)은 어느새 대화에서 즐거움을 주는 상대였다.

한참 천(天)과 얘기를 하고 있는데 그녀가 갑자기 눈을 빠르게 깜빡거리며 중얼거렸다.

"지(地)가 머무는 곳에 일본인들이 들이닥쳤어."

"결과야 보지 않아도 뻔하지 않나요?"

"볼래?"

뻔하지만 볼 수 있다면 보고 싶어졌다.

준영의 마음을 알았는지 천(天)은 벽에 화면을 만들어냈다.


칙쇼!


대검을 든 사내가 화면을 쪼개왔다.

하지만 화면은 슬쩍 물러났다가 칼이 비켜 가자마자 앞으로 치고 나갔고 오른 주먹이 사내의 턱에 작열했다.

뿌드득!

사내의 턱이 기괴하게 바뀌며 눈동자가 그대로 까뒤집어진 채 바닥에 쓰러진다.

그리고 다시 나타나는 다른 일본인을 향해 다시 주먹이 휘둘러졌다.

1인칭 시점이라는 걸 빼면 볼 만했다. 그리고 예상대로 곤죽이 되어 자빠지는 건 침입해 온 일본인들이었다.

너무 일방적이라 입에서 절로 침입자를 두둔하는 소리가 나왔다.

"쩝! 적당히 패지."

"지(地)야."

"엥? 대지 형이라고요? 적당히 패라고 전해주세요."

천(天)이 전했음인지 지(地)는 거울이 있는 쪽으로 다가가고 있었다.

─푸하하하! 어떠냐? 내 솜씨가?

"적당히 패라고 전해준 거예요?"

천(天)을 보고 얘기했는데 지(地)가 대답을 했다. 천(天)이 대화를 연결시켜 주고 있었던 것이다.

─적당히 패서 뭐하게? 어차피 얘네들 신분증이 필요한 거 아냐?

맞는 말이었다. 지금 한창 만들고 있는 인조인간들이 대체해야 할 인간들이었다.

즉 소리 없이 사라져야 하는 이들이었다.

—어설픈 동정심 가질 필요 없어. 이들이 가지고 온 무기를 봐. 우리 회 칠 생각이었겠지. 강하지 않았으면 우리가 당했을 거라고.

미사일 단추 신드롬.

애초에 계획했을 때부터 얼마나 많은 이들의 목숨을 빼앗을지 짐작하고 한 일이었다.

즉 계획만 하고 피해자들과 대면할 일이 없었기에 양심의 가책도 전혀 느끼고 있지 못하고 있었던 것이다.

그러다 화면을 보니 죄의식이 슬며시 고개를 든 것이다.

—그리고 이놈들이 한 짓을 알면 너도 적당히 하라는 말이 안 나올 거야. 이 새끼들, 완전히 미친 새끼들이야. 한국인에 대해 극도의 혐오감을 가진 녀석들이지. 특히 이들 두목은 여자를 납치해서 칼로…….

준영은 지(地)가 하는 얘기를 멍하니 듣고 있었다.

게다가 스마트폰을 해킹해 얻은 동영상을 화면 한편에 틀어줬는데 일본어로 자기들끼리 킥킥대면서 살려달라고 비명을 지르는 여자를 희롱하고 마지막엔 칼로 잔인하게 살해하는 장면이 여과 없이 보였다.

문제는 그런 동영상이 한두 개가 아니었다는 것이다.

준영이 현실 세계에서 생활하며 조금씩 쌓아가던 도덕적 의식이 단숨에 무너져 내리는 순간이었다.

"…죽여 버려. 당장에 그 벌레 같은 놈들을 죽여 버리라고!"

지(地)를 향해 고함을 치고 있었지만 준영의 눈은 예전처럼 깊이를 알 수 없는 짙은 어둠에 물들어 있었다.

그런 준영을 천(天)은 조용히 바라보고 있었다.


"어머니는 도대체 무슨 생각인 거야?"

준영과의 통신이 끊어지자 지(地)는 거울을 보면서 가볍게 투덜댔다.

"알아서 하겠지."

굳이 준영에게 끔찍한 장면을 보여줄 필요가 있었는지 의문을 표하던 지(地)는 곧 생각을 접었다.

"으~ 으~ 다, 다스게떼……."

바닥에 뒹굴던 일본 야쿠자가 죽인다는 말을 알아들었는지 공포에 질린 얼굴로 살려달라고 말했다.

"킥킥킥! 지 목숨 중요한 건 아는군."

으드득!

킥킥거렸지만 감정 없는 목소리로 말한 지(地)는 그대로 야쿠자의 목을 밟았고 그것이 시작이라는 듯 십장생 중 나머지 구장생이 야쿠자의 목을 밟았다.

"치워."

"알겠습니다, 지(地) 님!"

지(地)는 구장생들에게 자신의 생각 중 일부를 씨앗으로 만들어 넣어줬다.

인공지능이라기엔 많이 무리가 있지만 그래도 서로 대화는 가능한 수준이었다.

"송(松), 지(地) 님이 딱 부러질 정도로만 밟으라는 소리 못 들었어? 너무 강하게 밟아 피가 튀었잖아."

"천(川), 넌 너무 잔소리가 심해. 그 녀석 목이 약했을 뿐이라고."

"그렇다고 해도 더럽힌 건 너니까 바닥 청소는 네가 해."

"얍삽한 놈. 오늘은 네가 청소하는 날이거든. 나한테 미룰 생각 따윈 하지 말라고."

"쳇! 눈치 빠른 놈."

"시끄럽게 떠들지 말고 얼른 지하로 옮겨. 한 시간 후에 일본 놈들의 본거지에 가야 하니까."

"옙!"

지(地)의 말에 시끄럽게 떠들던 구장생은 빠르게 일본인의 품에 있는 물건들을 한쪽으로 치워놓고 지하로 옮기기 시작했다.

띵! 띠딩! 띠디디딩!

일본 악기 샤미센 연주곡이 한 스마트폰에서 흘러나왔다.

지(地)는 스마트폰을 받았다. 그리고 그 스마트폰을 쓰던

야쿠자의 목소리로 말했다.

"예, 두목."

─어떻게 됐나?

"처리했습니다. 시체를 처리하고 두 시간 내로 복귀하겠습니다."

─역시 실망시키지 않는군. 파티를 준비해 둘 테니 오도록.

"예!"

지(地)는 통화가 끝난 스마트폰을 던져 두고 의자에 앉아 민경호에게 전화를 걸었다.

─예, 대지 형님.

한 번의 교육 후 완전히 꼬리를 내린 민경호였다.

"두 시간 후에 놈들의 본거지를 친다. 그러니 중간 유통업 자들을 잡아라."

─알겠습니다. 한데 원래 계획은 다음 주가 아니었습니까?

"그동안 신경전만 하던 놈들이 우리 사무실에 들이닥쳤다. 계획을 바꾼다."

─…다친 데는 없으십니까?

걱정해서 묻는 말이라기엔 말투가 묘했다.

지(地)는 빙긋 웃으며 말했다.

"다쳤으면 좋겠지?"

─아, 아닙니다. 제가 어떻게 그런 마음을 먹겠습니까? 그럼 준비해 두겠습니다.

민경호는 자신의 할 말만 하고 전화를 끊었다. 하지만 전화가 아직 연결된 상태임을 그는 몰랐다.

―휴~ 아주 귀신이네. 어디 한 군데 부러지기라도 했으면 속이라도 시원하겠구만.

나흘간 네 대 맞은 것이 뼈에 사무쳤던 민경호였다. 그래서 혼잣말로 투덜거렸다.

민경호의 말을 가만히 듣고 있던 지(地)는 재미있다는 목소리로 말했다.

"킥킥! 동생이 그렇게 생각하고 있는 줄은 몰랐네. 일이 끝나고 이번 건은 해결하자고."

―…….

민경호는 벼락이라도 맞은 듯 몸을 부르르 떨고 있었다. 그리고 떨리는 손으로 끊었다고 생각했던 스마트폰을 보자 여전히 통화 중이었다.

민경호는 벼락처럼 소리쳤다.

―아닙니다, 형님! 제가 그냥 농담으로 한 말일 뿐입니다. 형님? 형님! 혀~~엉~님!

민경호가 애타게 지(地)를 불렀지만 통화는 이미 종료됐다.

\*　　　\*　　　\*

민승철이 준영에게 1,500억 원을 사기를 당했을 때 그 돈을 융통해 줬던 사카모토 시게루는 처음 생각과는 달리 한국 생활에 만족을 하며 지내고 있었다.

물론 그의 만족은 당하는 여성들에겐 지옥과 같은 고통이었을 테지만 말이다.

사카모토가 하는 일은 간단했다.

일본에서 들여온 마약을 현재 장악하고 있는 종로 일대에 풀고 벌어들인 돈을 다시 일본으로 보내는 일이었다.

일본 본가에서 스무 명의 지원 병력이 왔기 때문에 그가 할 일이라곤 하루하루 장부를 살펴보는 것밖에 없었다. 간혹 현재 장악하고 있는 지역 주변의 조직들과 충돌이 있긴 했지만 수하들이 알아서 해결했기에 그가 나설 일은 없었다.

"바보 같은 놈! 이렇게 팔아서 언제 1,500억을 벌 생각이지? 늘려라! 강제로 주사를 놓든 애들한테 팔든 무조건 더 늘려."

퍽! 퍽! 퍽!

사카모토는 연신 바닥에 쓰러진 사내, 민승철을 발로 차고 있었다.

하지만 분노로 인한 발차기가 아니었다. 그저 매출 장부를 가지고 올 때마다 벌이는 유희 같은 것이었다.

"…알겠습니다."

발차기가 멈추자 민승철은 자리에서 후다닥 일어나 고개를 숙이며 대답했다.

아프다고 누워 있어 봐야 더 심한 매질만 당할 뿐이라는 걸 그도 알고 있었다.

"곧 우리 구역에서 알짱거리던 놈들을 없앤 수하들이 돌아올 것이다. 그러니 여자 두 명만 구해놔."

그들이 어떻게 노는지 똑똑히 본 적이 있었던 터라 민승철은 욕설이 튀어나오려는 걸 삼켜야 했다.

그도 좋은 사람은 아니었지만 눈앞에 있는 사카모토는 정말 악마 같은 놈이었다.

"…알겠습니다."

죄 없이 희생될 여자들이 안타깝긴 하지만 자신이 살려면 어쩔 수가 없었다.

사카모토에게 인사를 하고 돌아서는 민승철은 빠르게 마약에 중독된 여자들 중 데리고 올 여자를 선별하고 있었다.

"멍청한 조선 놈!"

민승철을 바라보며 사카모토가 중얼거렸다.

지금이야 마약 판매책으로 살려두고 있지만 조만간 쓸모가 없어지면 죽을 목숨이었다.

그럼에도 살려고 아등바등하는 꼴이 우스웠다.

사카모토는 사무실 옆에 붙어 있는 자신의 옆방으로 들어갔다.

"…오빠, …약 좀 줘."

걸치나마나 한 속옷을 입은 채 멍한 눈으로 침대에 앉아 있는 여자는 꽤나 미인이었다. 하지만 초점 없는 눈에 입술 옆으로 침이 조금씩 흐르는 것이 제정신이 아닌 것처럼 보였다.

그런 그녀가 사카모토를 보자 눈의 초점이 돌아오며 한국말로 중얼거렸다.

"저년도 이젠 슬슬 짜증 나는군."

처음 봤을 땐 자신의 취향이었지만 약에 취해 이젠 거의 망가진 상태였다.

하지만 폭력으로 잔뜩 흥분된 하체를 풀어야 했다.

검지와 중지에 마약 봉지를 끼워 가볍게 흔들었다.

"아항~"

여자는 사카모토가 원하는 걸 알았는지 그의 앞으로 기면서 다가왔다. 그리고 혁대를 풀었다.

"하악!"

사카모토는 거친 숨을 뱉으며 눈을 감고 고개를 쳐들었다.

폭풍처럼 휘몰아치는 짜릿함에 온몸에 힘이 들어갔다. 그러다 우연인지 문 옆 화장대 위에 올려둔 리모컨 위에 손을 올렸다.

띠룽!

전자음과 함께 건물 내 설치된 CCTV 화면이 한쪽 벽에 나타났다.

"젠장! 막판에 이게 무슨……!"

처음에 사카모토는 싸우는 소리와 비명 소리 때문에 즐겨 보던 조폭 영화를 튼 줄 알았다.

한데 짜증을 내며 눈을 떴을 때 그가 본 것은 CCTV 화면이었다. 힙합 스타일의 옷을 입은 청년과 아홉 명의 양복 입은 이들이 수하들의 뼈를 부수고 목을 비틀고 있었다.

그리고 막 계단을 내려오던 민승철도 그들에게 걸려 죽임을 당했다.

자신이 상대할 놈들이 아니었다.

피하지 않으면 죽는다는 생각이 들자 사카모토의 피는 싸늘하게 식었다.

"어? 오빠… 이거 왜 이래? 끝났어?"

"비켜, 이년아!"

"끝내놓고 이러면 안 되지. 약 줘! 약 달란 말이야!"

사카모토는 자신을 붙잡는 여자를 당장에 죽여 버리고 싶었지만 상대할 시간이 없었다.

"여기 있어."

마약을 바닥에 던진 사카모토는 재빨리 거실로 나왔다. 그리고 이 건물을 차지하고 인테리어를 다시 했을 때 발견했던, 패닉 룸이라기엔 너무나 허접한 쪽방으로 몸을 숨겼다.

만일의 사태를 위해 남겨둔 것인데 요긴하게 쓰인 것이다.

빛조차 들어오지 못하는 말 그대로 쪽방. 혹시나 싶어 던져둔 생수 통 위에 주저앉은 사카모토는 몸을 웅크린 채 숨을 죽였다.

사카모토가 몸을 숨기고 얼마 지나지 않아 십장생이 들이

닥쳤다.

밖을 볼 수는 없지만 소리는 확실히 들렸다.

"어라? 형님, 마약에 취한 여자만 있고 사카모토가 없습니다."

"스마트폰은 거실 테이블에 있다. 멀리 가지 않았을 테니 찾아봐."

"예!"

이리저리 뒤적거리는 소리가 커질수록 사카모토는 숨소리를 더욱 죽였다.

"없습니다."

"이상하군. CCTV의 기록을 살펴봐도 나간 흔적이 없는데… 어디로 사라져 버린 거지?"

"벽을 부숴볼까요?"

한 사내의 말에 사카모토는 심장이 쿵 하고 떨어지는 듯한 느낌을 받았다.

"시간이 없어. 소란스러웠는지 주민의 신고로 경찰이 오고 있는 중이야. 일단 밖에 감시 인원만 남겨두고 우리는 떠난다."

"예! 한데 사카모토, 그놈은 꼭 잡으라고 준영 님이 말하지 않았습니까?"

'준영?'

사카모토는 오늘 일의 배후가 준영이라는 인물임을 알게 되었다. 한데 왠지 그 이름이 낯설지 않았다.

'어디선가 들었던 이름인데……'

쉽게 떠오르지 않았다. 그가 준영에 대해 생각할 동안 밖의 대화는 계속됐다.

"닥쳐! 이름을 거론하지 말라고 했을 텐데."

"죄송합니다."

"뭐가 잘못된 거지? 나중에 생각해 보기로 하고 일단 철수한다."

"저 여자는 어떻게 할까요?"

"놔둬."

"마약과 돈은요?"

"돈만 챙겨. 경찰이 볼 때 조직 간의 마약을 둘러싼 항쟁으로 보여야 하니까 바닥에 뿌려두고."

'아, 안 돼!'

미치고 펄쩍 뛸 일이었다.

마약과 돈을 잃는다면 설령 이곳에서 살아난다고 해도 죽은 목숨이나 다름없었다.

그렇다고 나갈 수도 없는 상황이었다.

사위가 조용해졌다.

하지만 그것도 잠시, 곧 들이닥친 경찰 때문에 사카모토는 움직일 수가 없었다.

'이틀? 사흘?'

얼마나 지났을까. 소란스럽게 굴던 경찰과 기자들까지 사라졌고, 마시는 물과 오줌 통으로 쓴 물통이 헷갈릴 정도의 시간이 흘렀다.

무엇보다도 참기 힘든 건 허기였다. 차라리 죽더라도 뭔가를 먹고 죽고 싶었다.

사카모토는 굶어 죽기는 싫었기에 쪽방의 문을 열었다.

엉망진창인 거실을 지나 냉장고로 다가갔다.

폴리스 라인이 묶여 있었지만 어린 시절부터 항상 몸에 지니고 있던 버터플라이 칼로 잘라 버리고는 먹을 것이 있나 열어보았다.

유리병에 든 나토가 가장 먼저 눈에 띄었다.

사카모토는 나토를 시작으로 먹을 수 있는 건 모조리 입에 넣었다.

"우웨에에엑!"

굶다가 너무 급하게 먹어서인지 토하긴 했지만 기운이 약간 돌아오는 것 같았다.

'이젠 어쩐다……?'

쪽방에 다시 들어갈 수는 없었다. 물도 없었고 더 이상 버틸 힘도 없었다.

어차피 죽게 될 거라면 비참하게 죽는 건 사절이었다.

사카모토는 입구마다 쳐져 있는 폴리스 라인을 뚫고 아래로 내려갔다. 다행인지 CCTV는 망가져 있었다.

그는 감시자가 있는지 주위를 살피다 문을 빠져나왔고 사람들이 많이 다니는 길로 뛰었다.

"헉! 헉!"

미친 사람처럼 뛰던 그가 멈춘 곳은 의외로 편의점 앞이었다. 몇 개의 잡지가 꽂혀 있었는데 환하게 웃고 있는 잡지 표지 모델은 그도 아는 남자였다.

"으득! …준영."

기억이 났다. 가물거리기만 하던 이름이었는데 얼굴을 보니 생각이 난 것이다.

1,500억 사기 사건 때 연관이 없다고 생각했던 성심미디어의 사장.

사카모토는 당장에 준영을 갈아 마시고 싶었다. 하지만 그보다 이 사실을 빨리 조직에 알려야 했다.

사카모토는 지나가는 사람 중에 스마트폰을 들고 있는 사람들이 많음을 보고 그중 한 명의 스마트폰을 낚아채고는 뛰었다.

"도, 도둑이야!"

스마트폰을 강탈당한 사람이 소리쳤지만 이미 사카모토는 골목으로 들어가 버렸다.

사카모토는 골목에 들어가자마자 일본으로 전화를 걸었다.

―지금 거신 전화번호는 없는 국번이오니……

"칙쇼!"

두세 번 반복해도 마찬가지.

번호가 잘못되었을 리는 없었다.

문득 사카모토는 본부를 박살 냈던 놈들이 생각났다.

'쫓기고 있다!'

육감적으로 위협을 느낀 그는 스마트폰을 던져 버리고 골목으로 다시 뛰기 시작했다.

그가 사라지고 난 후 1분 뒤, 지(地)가 그곳에 나타났다. 그리고 그가 사라진 방향을 보며 중얼거렸다.

"절대 놓치지 마라."

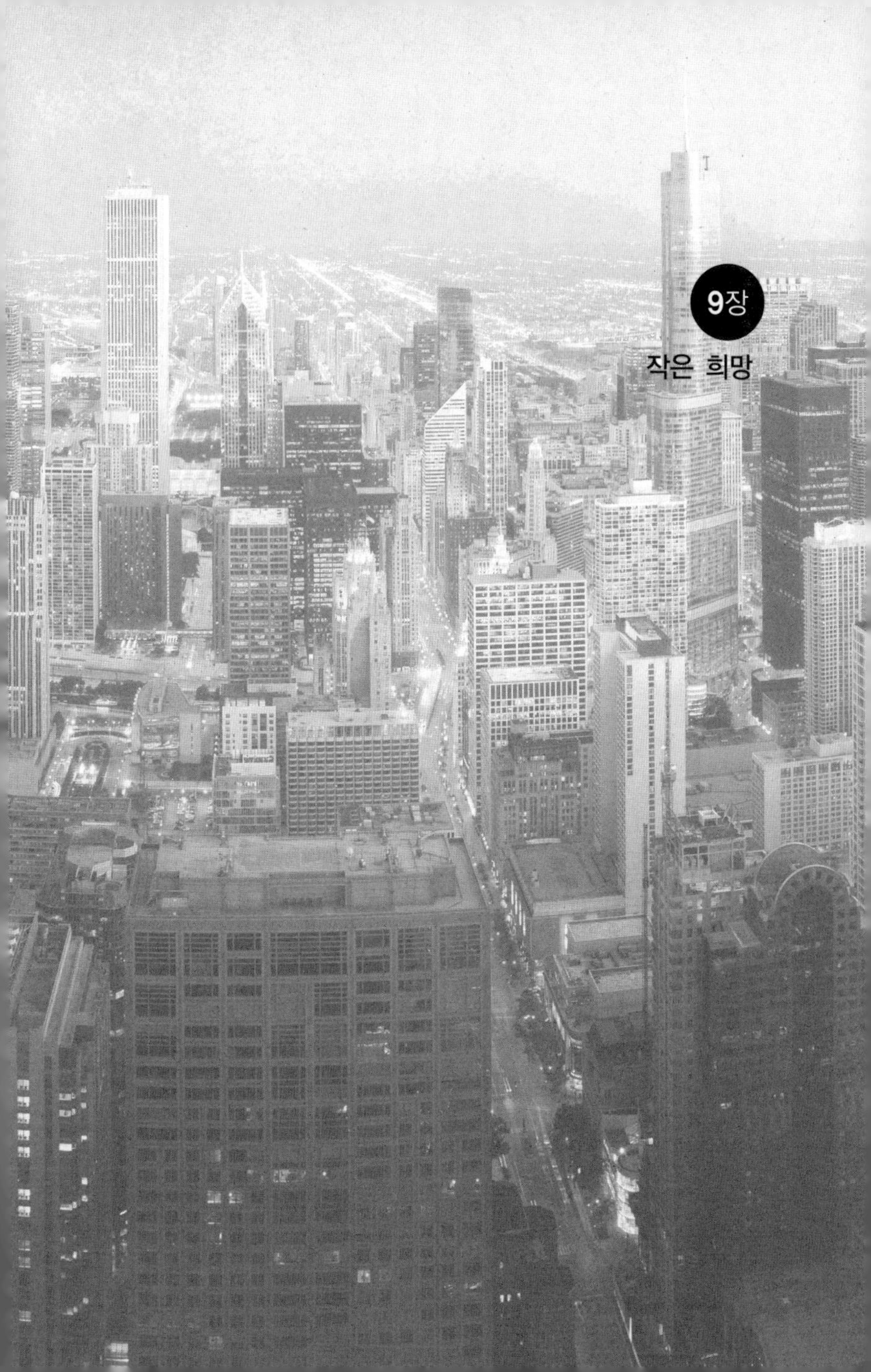

# 9장

# 작은 희망

한동그룹 남희연 회장의 비자금 관련 뉴스가 신문, 잡지, 방송 할 것 없이 톱뉴스였다.

비자금으로 외국에 호화 주택을 사고, 자녀들과 손자들이 어떻게 사는지까지 파헤쳐지면서 연일 남희연 회장 일가를 비난하는 소리가 나왔다.

특이하게도 비자금이 정치권의 많은 정치인에게 흘러들어 갔다는 루머는 있었지만 정작 그것은 거의 다뤄지지 않고 있었다.

당연했다. 준영은 자료를 넘길 때 정치인과 연관되어 있다는 사실을 빼버렸다.

정치인이 끼어 봐야 축소하려 할 게 뻔했기에 아예 비자금이 외국으로 빠져나가 흥청망청 쓰였다는 것에 자료의 초점을 맞췄다.

비자금이 만들어진 경위가 속속 밝혀지다 보니 계열사들에 대한 조사까지 이루어지며 한동그룹 전체가 며칠째 하한가였다.

"쩝! 너무 막연해."

신문 기사를 보던 준영이 뭔가 마음에 들지 않는지 도수 없는 안경을 코끝으로 올리며 말했다.

정치인 관련 기사가 없으니 자신들이 안전하다고 생각하고 한동그룹을 도와주고 있는 모양이었다.

드라마에서 보면 검찰청에서 나왔다며 회사의 서류를 몽땅 뺏어서 차에 싣고 가는 모습을 많이 봤을 것이다.

한데 검찰이 그 서류들을 몽땅 조사할까?

절대로 무너뜨려야 하는 기업이라면 하겠지만 대부분은 요식행위에 불과하다.

서류는 거래를 위한 도구였다. 조사 대상에게 몇 가지 범죄 사실을 실토받기 위한.

기업의 자금 흐름을 정확히 파헤치기 위해선 세무서가 나서야 했다.

검찰청과 세무서, 두 곳 다 무서운 곳이지만 기업 입장에서 더 무서운 곳은 세무서였다.

서류상의 오류가 발견되었을 때 검찰은 직접 그 오류가 범죄와 연관되어 있음을 밝혀야 하지만 세무서가 오류를 발견하면 조사 대상이 그 이유를 밝혀야 했다.

이것이 세무서가 막강한 힘을 발휘하는 원천이었다.

"이래선 안 되지."

한동그룹의 주식은 바닥을 기어야 했다.

준영은 어떤 자료를 보내야 좋을지 생각하다가 신문을 놓고 자신의 자리에 앉아 헤드셋을 썼다.

타격을 받게 될 정치인 한 사람과 세무서가 나설 정도면 충분했다.

한꺼번에 터지면 어마어마한 것처럼 보이지만 이후엔 뉴스로서 힘을 잃기 때문에 양파 벗겨지듯 하는 게 가장 좋았다.

"남세영이 친구 한 명을 잃겠군."

삼인방 중 한 명의 아버지가 국회의원이었는데, 그를 희생양으로 삼을 생각이었다.

친구로서 의리를 지킬지 꼬리를 자를지는 두고 볼 일이지만 말이다.

"더 짓궂어졌구나."

몇 명의 기자에게 익명으로 자료를 보내자마자 천(天)이 들어오며 말했다.

회사 내 컴퓨터 전체가 천(天)의 영역이니 준영이 뭘 하고 있는지는 당연히 알았다.

"먼저 걸어온 싸움이니 확실히 해야죠."

"두 번 다시 못 일어날 만큼?"

"그건 그쪽 사정이고요. 난 현영 누나가 하루 빨리 일어나길 바랄 뿐이에요."

"남자라도 소개시켜 주지 그래?"

"글쎄요. 일단은 두고 보죠."

나중에 노처녀로 살고 있다면 모를까 지금으로써는 누나 현영의 사랑에 간섭할 생각은 없었다.

"참, 사카모토가 나타났어."

"놓쳤어요?"

'잡았어'가 아니라 '나타났어'라고 말했기에 짐작해 본 것이다.

"응, 건물 주변에 있는 CCTV로 감시를 하고 있다가 놈이 나오자마자 움직였는데 조금 늦었나 봐."

"피해자가 나오지 않게 빨리 잡아야 하는데… 뭐, 대지 형이 알아서 하겠죠."

도망간 사카모토에게 신경 쓸 틈이 없었다.

슈트와 브레인—Wr이 개발되어 이제 본격적인 테스트에 들어갈 때였다. 그래서 며칠 동안은 잡지사, 신문사 할 것 없이 인터뷰를 하느라 정신이 없었다.

모두가 오늘을 위한 사전 작업에 불과했지만 말이다.

"슬슬 준비해야겠네요."

테스트는 일단 고은철 의사가 있는 병원의 지하에서 이루어질 예정이었다.

"안 도와줘도 돼?"

"도와줬으면 좋겠지만 누나가 오면 안 돼요."

"왜?"

"모든 시선이 누나에게 쏠릴 테니까. 그리고 내일 뉴스에 거의 완벽한 인조인간을 완성했다는 사실이 세계에 알려질 거야."

"하긴 사람들이 많은 곳이니 피해야겠지. 그럼 수고해."

양복으로 갈아입고 회사를 나와 향한 곳은 미용실이었다.

편안한 학교생활을 위해 사진이 찍힐 곳에선 최대한 머리 모양을 바꾸고 다른 사람처럼 보이도록 노력하고 있었다.

이런 노력에도 불구하고 분명 알아채는 사람들이 나올 것이다. 하지만 그때까지라도 평범한―지금까지도 평범하다고 보긴 힘들지만―생활을 영위하고 싶었다.

머리 모양과 살짝 화장까지 한 준영은 차를 타고 윤정이 있는 병원으로 갔다.

원래 사람이 많은 병원이지만 오늘따라 방송국 차량들과 기자들의 차량까지 더해지며 주차장부터 혼잡했다.

겨우 주차를 한 준영은 안내문을 따라 정문이 아닌 측문 쪽으로 향했다.

인터뷰를 했던 기자들과 간단히 인사를 하고 윤정이 대기하고 있는 곳으로 들어갔다.

"준영아!"

"형도 와 있었네?"

"당연하지. 오늘 같은 날 일이 손에 잡혀야 말이지."

"너무 조급하게 생각하지 마. 이제 시작 단계에 불과하니까."

"나도 알아. 하지만 희망이 생겼잖아."

호영의 말에 준영은 빙긋 웃어 보이곤 윤정의 침대로 다가갔다.

옆을 지키고 있는 현정목과 고은철에게 간단히 인사를 한 준영이 웃는 얼굴로 윤정에게 말했다.

"수술 잘됐다는 말 들었어요."

"…고 선생님 …덕분이에요."

"훌륭한 의사 선생님이니까요. 그건 그렇고, 기분은 좀 어때요?"

"…많이 …떨려요."

"너무 걱정 말아요. 제가 직접 테스트해 봤는데 작동에는 무리가 없을 거예요."

"…직접 …해봤어요?"

"그럼요. 형수님이 쓸 건데 확실히 해야죠."

천(天)이 슈트를 완성하자마자 준영이 직접 테스트를 했다. 형수님을 위해서가 아니라 할 사람이 그밖에 없었기 때문이었다.

움직임은 완벽했다. 다만 신경이 모두 살아 있는 그로서는 근육을 움직이게 하는 전기 자극 때문에 온몸이 뒤틀리는 듯한 경험을 해야 했다.

"…호호. …꽤 힘들었나 보네요."

당시의 기억 때문에 일어난 표정의 변화를 윤정은 놓치지 않았다.

"하하… 사실 현정목 사장님이 만든 전기 자극은 꽤 버티기 힘들었어요. 하지만 형수님에겐 큰 이상은 없을 거예요."

"…버티기 …힘들 정도가 …되어야 한다는 거군요?"

"네, 그럼 나왔다는 증거가 될 테니까요. 그리고 방송 걱정은 말아요. 형수님은 이 방에서 제가 지시하는 대로만 하시면 되니까요."

"…걱정 안 해요. …도련님을 …믿어요."

"…네, 믿으세요."

부담스러우면서도 반드시 보답하고픈 윤정의 믿음이었다.

"슈트를 가져왔습니다."

이번 실험을 위해 고용한 경호원 네 사람이 일인용 침대 크기의 금속 상자를 들고 들어왔다.

준영은 윤정의 침대 옆 바닥에 놓게 하고 금속 상자 옆에 달린 버튼을 눌렀다.

금속 상자의 윗부분이 옆으로 사라지듯이 열렸다.

안에는 사람 모양의 슈트가 들어가 있었다.

"오오! 이게 그 슈트로군요."

고은철은 2미터 정도 크기의 로봇 모양의 슈트를 보며 놀라워했다.

"한데 키가 큰 사람에겐 무리겠어요."

고은철의 관심은 당연했다. 처음 만든 이 슈트는 윤정의 치료 후에 병원에 기부될 물건이었다.

"2미터까진 가능합니다. 관절 부분이 사용자의 키 크기에 따라 늘어나거나 줄어들게 되어 있거든요."

준영은 설명을 하면서 슈트의 한 부분을 눌렀다.

지이이이잉!

모터 돌아가는 소리가 들리며 로봇이 정확하게 반으로 쪼개져 열렸고 속은 사람이 들어갈 정도로 텅 비어 있었다.

"덩치가 너무 큰 사람은 아직까지 무리입니다. 덩치 큰 사람을 위한 슈트는 나중에 현정목 사장님이 만드실 겁니다."

준영은 슈트에 관한 특허권만 소유하고 제조는 현정목에게 일임하기로 이미 약속을 해둔 상태였다.

"자, 이제 남자분들은 모두 나가시죠. 두 분께서 이 속옷을 입히시고 이곳에 눕혀주시면 됩니다."

대기 중이던 간호사들에게 몇 가지를 설명해 준 후 준영과 남자들은 모두 나왔다.

"전 다른 곳에 인사 좀 하고 올게요."

만날 사람은 또 있었다.

대기실 앞에는 강문탁이 서성거리고 있었다.

"어라? 강 매니저님이 웬일이세요?"

"아! 안 사장님, 잘 지내셨습니까? 제가 LoG(Ladies or Girls)의 매니저를 맡게 되었습니다."

"MoB는요?"

"어느 정도 궤도에 올라선 애들이라 다른 매니저에게 맡겼습니다."

"고생이시네요. 한데 왜 밖에 계세요?"

"…밖이 편합니다."

준영은 강문탁이 왜 밖이 편하다고 했는지 대기실에 들어서면서 알 수 있었다.

"안녕하세요. LoG입니다."

춤 잘 추는 한 명을 원했는데 넓지 않은 대기실에 LoG 일곱 명이 들어가 있었다.

화장품 냄새만으로도 기가 빨리는 기분.

짧은 반바지를 입거나 속바지를 입었다고 해도 엉덩이 살이 보일 것 같은 짧은 치마를 입고 있는 일곱 명을 보니 준영은 눈 둘 곳을 찾아야 할 정도였다.

"이 일 끝나고 지방 공연이라 같이 왔어요."

리더로 보이는 한 명이 말했다.

"잘 왔어요. 한데 오늘 도와줄 사람은 누구예요?"

"…저요."

아는 얼굴이었다.

강영탁과 투자 계약을 했을 때 대접을 한다며 술을 같이 마셨던 아가씨였다.

"만나서 반가워요. 어려운 일은 아니지만 좀 힘들 수 있을 테니 피곤하면 신호를 보내줘요."

준영은 처음 만난 사람처럼 행동했다.

"걱정 마세요. 유나는 몇 시간 동안 춤을 춰도 끄떡없어요. 대표님도 아시지 않나요? 호호호!"

"……"

유나를 제외하고 여섯 명의 여자가 '니가 지난번에 한 일을 모두 알고 있다'는 눈빛을 보내니 준영은 당황할 수밖에 없었다.

'여자들끼리는 비밀도 없냐!'

준영은 굳어지려는 얼굴을 억지로 펴려고 노력했지만 얼굴과 귀가 붉어지는 건 어쩔 수 없었다.

"어머! 대표님 귀가 빨개지셨다. 호호호!"

그리고 다시 웃음.

감추려고 했던 것을 들키는 바람에 당황을 했던 것이지 예쁜 여자 일곱 명이 모여 있다고 부끄러워한 것은 아니었다.

"짓궂은 아가씨들이네요. 하지만 오히려 관심을 가져 주니 고맙군요. 자, 이제 설명을 해야 하니 조금만 자제해 줄래요?

유나 씨, 잠깐 이리 와봐요."

준영이 금세 평상심을 되찾고 박력 있게 말하자 LoG는 순순히 협조해 줬다.

"이 헬멧은 고글과 헤드셋을 합쳐 둔 거라고 생각하면 돼요. 고글에 나오는 화면을 보고 그대로 따라 해주면 되니 어려울 건 없을 거예요. 그리고 이 투명 옷은 신체의 움직임을 체크하기 위한 것이라 지금 입고 있는 옷 위에 입어도 돼요."

"네."

"연습생 중에 춤 잘 추는 분을 요청했는데 LoG가 올 줄은 생각도 못 하고 있었어요. 그래서 계획을 조금 바꿀 생각이에요. LoG가 윤정 씨의 사정을 듣고 자원한 걸로 할게요. 그리고 무대에서 직접 춤을 췄으면 좋겠는데… 괜찮겠어요?"

"제 직업인걸요."

설명을 마친 준영은 밖으로 나가려 했다. 그때 리더인 여자가 말했다.

"자원한 거라면 돈이 안 나오는 거 아니에요?"

"명목상인데 당연히 줘야죠. 행사비 정도로 책정해 줄게요."

"그럼 안 되죠. 자원인데……."

달라는 소린지 안 받겠다는 소린지 도통 모르겠다.

하지만 이어지는 말에 그녀들이 원하는 걸 알 수 있었다.

"자원한 저희들이 예쁘지 않나요? 저희를 대표님 회사 모델로 써주세요. MoB 선배님들이야 TV 광고로 쓰시면 될 테고 저희는 인터넷이나 지면 광고면 만족할게요."

당찬 아가씨였다.

·기분이 나쁠 수 있는 상황이었지만 준영은 오히려 기분이 좋았다.

자원(自願)이라는 말에 광고 모델로 사용해 달라는 제안을 할 생각을 하다니 기특하기까지 했다.

"좋은 생각이네요. 바로 계약을 하면 속 보이니까 조만간 매니저와 애기를 하죠."

"저, 정말요?"

준영의 말에 제안을 한 리더가 오히려 놀랐다.

나이도 비슷하고 말이 통하는 사람 같아 반장난 식으로 던진 말이었는데 순순히 그러겠노라고 말할 줄은 몰랐다.

준영은 고개를 끄덕여 긍정을 표한 후 밖으로 나왔다. 그리고 강문탁에게 한마디 했다.

"고생하시겠네요."

"사장님이 보시기에도 그런가요?"

"네, 어쨌든 조만간 계약할 때 봬요."

"네?"

강문탁이 반문했지만 준영은 직접 들으라는 듯 방문을 향해 손가락질을 한 후 걸음을 옮겼다.

"성심테크의 안준영 사장님 아니십니까?"

50대 초중반쯤 되어 보이는 남자가 몇 명의 사람을 대동한 채 다가와 말을 걸었다.

"맞습니다. 실례지만 누구시죠? 제가 안목이 부족해
서……."

"하하하! 반갑습니다. 퓨텍 기획실에서 온 도창정 실장입
니다. 이쪽은 제 부하 직원들이고요."

"도 실장님이셨군요. 반갑습니다."

준영과 도창정은 명함을 주고받았다.

'몰래 숨어서 볼 필요도 없다는 뜻인가?'

퓨텍에서 온 이유는 분명 자사의 칩과 브레인—Wr의 유사
점을 파악하기 위해서일 것이다.

한데 이렇게 직접적으로 나올 줄은 예상하지 못하고 있었다.

무시를 당한 것 같아 기분이 살짝 상하긴 했지만 어차피 퓨
텍과의 마찰을 피하기 위해 오늘 자리를 마련한 만큼 날을 세
울 이유는 없었다.

"저희 회사에서 브레인—Wr을 특허 신청하고 며칠 뒤에
퓨텍에서도 BMWC(brain map write chipset)를 특허 신청을 하
셨는데 그 때문에 비교하러 오신 겁니까?"

"맞습니다. 그 때문에 찾아왔습니다. 혹시 얘기를 잠시 나
눌 수 있을까요?"

"그러시죠. 하지만 잠시 후 발표가 있어서 긴 시간을 할애
하지 못함을 이해해 주세요."

"발표 전까지면 충분할 겁니다."

준영은 병원 측에 얘기해 작은 사무실을 빌렸다.

"말씀하시죠."

"혹시 실례가 되지 않는다면 브레인—Wr에 대해 언제부터 연구를 해왔는지 알고 싶군요."

"군에서요. 야간 근무를 서다 보면 너무 지루하거든요. 그때 이것저것 생각하다가 처음 구상을 하게 되었죠."

"군에서라……."

"사실 생각의 시작은 가상현실 게임에 대한 것부터였습니다. 그러고 보니 넓게 생각하면 퓨텍 때문에 브레인—Wr이 세상에 나온 거라고 할 수 있겠군요."

"자세한 설명 좀 부탁드립니다."

"어린 시절부터 프로그래밍을 좋아해 이것저것 만드는 걸 좋아했죠. 성심미디어의 게임들도 그때 생각했던 것들이었죠. 어쨌든 가상현실 게임을 만들어보고 싶었습니다. 한데 구현하려니 너무 어려운 것들이 많았습니다. 일단 실사와 같은 그래픽을 구현하려다 보니 파일이 말도 안 되게 커지더군요. 그래서……."

준영의 설명은 길게 이어졌다. 퓨텍에서 일하고 있지만 가상현실이 어떻게 만들어졌는지 잘 모르는 도창정이 듣기에도 꽤나 그럴싸하게 들렸다.

그래서 준영이 말하는 것이 타당성이 있는지 묻기 위해 전산실에서 데리고 온 직원을 보았다.

그 직원은 입을 떡 하니 벌리고 준영의 말을 듣고 있었다. 그러다 도창정의 시선을 느꼈는지 그를 보고 고개를 가볍게 끄덕였다.

'예상대로 프로그래밍의 천재인가? 하지만 묻는 말에 모두 답을 해주다니. 아직 너무 어리군.'

도창정은 준영을 은연중에 얕잡아 보게 됐다. 그래서 하지 말아야 할 말을 하고 말았다.

"설명은 잘 들었습니다. 사실 저희가 여기 온 이유는 BMWC의 정보가 유출되어 귀사의 브레인-Wr이 만들어지지 않았나 하는 의심 때문에……."

"잠시만요."

준영은 도창정의 말을 끊었다. 그리고 인상을 찌푸리며 말했다.

"뭔가 착각하시는군요. 특허권이 먼저 등록된 건 브레인-Wr입니다. 오히려 의심을 하려면 제 기술이 빠져나가 귀사의 BMWC가 만들어졌다고 봐야 하지 않을까요?"

"그건……."

"물론 전 짐작으로 BMWC가 이미 만들어져 있지 않을까 하는 생각도 했었습니다. 5년 전에 이미 BMC를 개발할 정도였으니 말입니다. 한데 정보 유출이라뇨? 퓨텍이 그렇게 허술한 회사였습니까? 그리고 퓨텍이 생각한 걸 다른 사람들은 생각하지 못할 것이라는 생각은 오만이 아닐까요?"

"…말에 실수가 있었음을 인정합니다. 죄송합니다."

도창정은 반박할 말을 찾을 수가 없었다.

그저 비교를 하기 위해 왔다고 말하려던 것이 상대를 우습게 아는 바람에 퓨텍의 이름으로 찍어 누르려고 했던 것이 실수였다.

"받아들이겠습니다. 하지만 퓨텍이 그런 생각을 가지고 있다니 심히 마음에 걸리는군요. 생각은 가상현실 게임에서 가지고 왔지만 명백히 독자적인 기술입니다."

"무, 물론 그렇겠죠. 하지만 회사 내에서 얼마 전 불미스러운 사건이 일어나서 제가 과민하게 반응한 것 같습니다."

"그렇다니 이해가 되는군요. 오늘 테스트를 보시면 차이점을 아시게 될 테지만 필요하다면 브레인—Wr에 대해서 보다 자세한 정보를 제공해 드릴 수 있습니다. 저도 퓨텍과 척을 지고 싶은 생각은 없습니다."

"그래주시면 저희로서도 한결 판단하기 쉬울 겁니다."

"알겠습니다. 그렇게 준비를 하죠. 그리고 귀사에서 원한다면 브레인—Wr의 특허권을 팔 수도 있음을 알려 드리고 싶군요."

"네?"

"즉흥적인 생각일지 모르지만 사실 퓨텍이 주목을 하고 있다니 부담스럽군요. 안 되면 외국 기업에라도 팔아버릴 생각입니다."

'잘못 판단했어. 어리지도 멍청하지도 않아. 오히려 여우 같은 놈이야.'

마지막 말은 협박이었다.

퓨텍의 이름으로 찍어 누르면 외국에 팔아버리겠다는 협박.

"국내 기술이 외국에 팔려서는 안 되죠. 시간 내주셔서 감사합니다."

"별말씀을요."

준영은 도창정과 그의 부하 직원이 나가는 모습을 바라보다 중얼거렸다.

"쯧! 쓸데없는 말까지 해버렸군."

조금 전까지만 하더라도 마찰을 일으킬 생각은 없었다. 그래서 다소 멍청하게 보이려고 묻는 말에 답해줬다. 한데 말하다 보니 어느새 잔뜩 날을 세우고 있음을 깨달았다.

자신의 변화에 이상을 느끼면서도 이미 벌어진 일. 어쩔 수 없었다.

지나간 일을 후회하기보다는 미래를 생각해 대비하는 게 우선이었다.

도창정과 얘기를 끝낸 준영은 발표 시간이 되었기에 간이로 만든 강단 위에 올라갔다.

"일단 성심테크의 새로운 프로그램인 브레인—Wr과 고은철 의학박사님의 뇌파를 이용한 척추 신경 재생에 관한 실험에 참여해 주신 귀빈 여러분께 먼저 감사의 인사를 드리겠습니다."

강단 앞쪽에는 기자들과 참관자들이 앉아 있었고, 그들 뒤에는 방송 카메라와 사진기자들이 있었다.

준영이 인사를 하자 플래시가 일순간에 터져 나왔다.

준영은 실험이 어떻게 이루어질 것인지, 어떻게 해서 브레인—Wr이 작동하는지에 대해 설명했다.

"자, 이제부터 본격적인 테스트를 시작하겠습니다. 세 화면 중 가장 우측에 있는 화면이 전신 마비 환자가 슈트를 입고 있는 모습입니다."

준영의 말에 우측 화면에 윤정이 슈트를 입고 서 있는 모습이 보였다.

"군용 슈트와는 달리 조금 큰 편이긴 하지만 UJ메디컬에서 만든 전기 자극기가 들어 있어서 그렇다는 걸 염두에 두십시오. 가운데 화면은 환자의 뇌파를 보여주고, 좌측 화면은 정상적인 뇌파를 가진 자원자의 뇌파를 보여 줄 겁니다. 그리고 가장 아래에 있는 화면은 지원자와 환자의 시야를 보여줄 겁니다."

"지금 올라가는 정보들은 뭡니까?"

좌측과 가운데 있는 화면은 연신 코드들을 토해내며 올라가고 있었다.

"자원자와 환자의 생각들이겠죠? 무슨 생각인지 한번 볼까요?"

준영은 잠깐 화면을 보면서 마치 읽는 것처럼 행동했다. 그리고 빙긋 웃으며 말했다.

"자원자와 환자, 두 분 다 제가 잘생겼다고 생각하고 있군요."

"하하하! 아무래도 장치가 엉터리 같은데요."

누군가가 외치자 사람들이 모두 웃었고 준영도 웃으며 다시 말을 했다.

"이런, 두 분을 제외하곤 아무도 그렇게 생각하지 않고 있었군요?"

다시 터지는 웃음. 준영은 적당히 분위기가 풀렸다고 생각하고 말을 이었다.

"환자를 돕는다는 말에 기꺼이 시간을 내주신 아이돌 그룹 LoG의 유나 씨를 소개합니다."

확실히 사람들은 지루한 실험보다는 아이돌 여가수를 좋아했다.

환호를 받고 올라온 유나는 인사를 하고 무대 한쪽에 섰다.

준영은 자원을 해줘서 고맙다는 말을 하며 악수를 청했고 손을 내밀던 유나가 소곤거렸다.

"저렇게 복잡하게 올라가는데 정말 제 생각을 읽으신 거예요?"

하지만 소곤거리는 소리는 스피커를 타고 모두에게 들렸다.

오오!

유나는 당황해서 입을 막았고 사람들은 감탄사를 토해냈다.

준영은 재빨리 머리를 굴린 다음 말했다.

"자, 보셨죠? 두 분은 분명 제가 잘생겼다고 생각하고 있었다니까요. 유나 씨, 당신의 평범하지 않은 눈에 감사해요."

준영의 재치 있는 말 때문에 유나도, 사람들도 하나의 퍼포먼스라고 생각하며 넘어갔다.

"환자분이 기다리니 장난은 그만하죠. 자, 이제부터 환자와 유나 씨에게 같은 화면이 보일 겁니다. 그럼 그 동작을 보고 그대로 따라 해주시면 됩니다. 한 가지, 기억하셔야 할 건 현재 환자분의 슈트는 유나 씨의 동작을 그대로 따라 하게 될 겁니다. 두 분 다 준비되셨나요?"

우측 화면의 슈트를 입은 윤정이 고개를 끄덕였고, 유나도 고개를 끄덕였다.

"그럼, 시작!"

화면에 나온 건 국민 체조였다. 유나와 윤정은 그 화면을 보고 그대로 따라 하기 위해 노력했고 뇌의 정보를 보여주는 화면은 비슷한 속도로, 일치되는 정보는 노란색으로 표시되면서 주루룩 올라갔다.

국민 체조에 이어 스트레칭 하는 화면이 나왔다.

"허! 다들 유나 씨만 보면 안 됩니다. 화면에 보이는 노란색 마크가 된 정보에도 집중을 해주세요."

공염불이었다.

짧은 반바지에 살짝 가슴골이 보이는 옷을 입고 스트레칭을 하는 유나의 모습에 아주 눈을 떼지 못했다.

어쨌든 다섯 번의 반복이 끝이 났다.

"두 분이 잠깐 쉬는 동안 얘기를 하죠. 똑같은 화면을 보고 똑같은 동작을 하려고 할 때 두 사람의 뇌파는 차이는 있지만 비슷한 뇌파를 발생시킵니다. 물론 1초를 여러 번 나눌 만큼 아주 짧은 순간이지만 센스는 잡아낼 수 있습니다. 그래서 그 두 사람의 비슷한 뇌파를 한쪽으로 모아봤습니다."

화면이 뜨며 노란색으로 마크 된 이상한 코드들이 크게 확대되었다.

"자, 이 노란색 마크들이 어떻게 작동하는지 살펴볼까요? 환자분, 괜찮겠어요?"

―…네, 하악 하악~

거친 숨소리가 엄청 지쳤음을 말해주고 있었다. 하지만 준영은 멈추지 않았다.

"이젠 이 코드들만 슈트에 전달될 겁니다. 환자분이 힘드니 코드 진행을 5배 느리게 작동시키겠습니다."

코드들이 천천히 진행함에 따라 슈트는 국민 체조를 천천히 따라 하기 시작했다.

다소 어색한 부분도 있었지만 조금 전에 봤던 것과 다르지 않았다.

"어색한 부분은 일단 빼놓고 나중에 어떻게 작용하는 부분인지 밝혀낼 겁니다. 이렇게 분석된 코드들을 브레인―Wr에

입력시킨 후, 슈트와 연결시킵니다. 환자분, 이제 걸어보시겠어요?'

　—…지금요?

　"네, 아까 걷는 동작이 기억나시죠? 그걸 상기하며 걸어보세요."

　준영의 말에 윤정은 걷기를 갈망했다. 그러자 그녀의 생각이 슈트에 전달되며 걷기 시작했다.

　—거, 걸을 수 있어요! …생각만으로도 걸을 수 있다고요! …비록 슈트를 입은 상태지만 …걸을 수 있다고요…….

　윤정의 목소리가 실험장을 떠들썩하게 울렸다.

　환희에 찬 윤정의 목소리는 울고 있었다.

　유나와 몇몇 여자들은 목소리에 담긴 애환을 느끼는지 따라 울고 있었고 남자들은 습기를 말리느라 눈을 깜박거렸다.

　화면엔 점점 걷는 게 익숙해지는 윤정이 보였다.

　아직 춤을 추는 과정이 남아 있었지만 준영은 아무런 상관이 없다는 듯 윤정이 걷는 모습을 환한 웃음을 지으며 보고 있었다.

# 10장

## 인생의 축소판

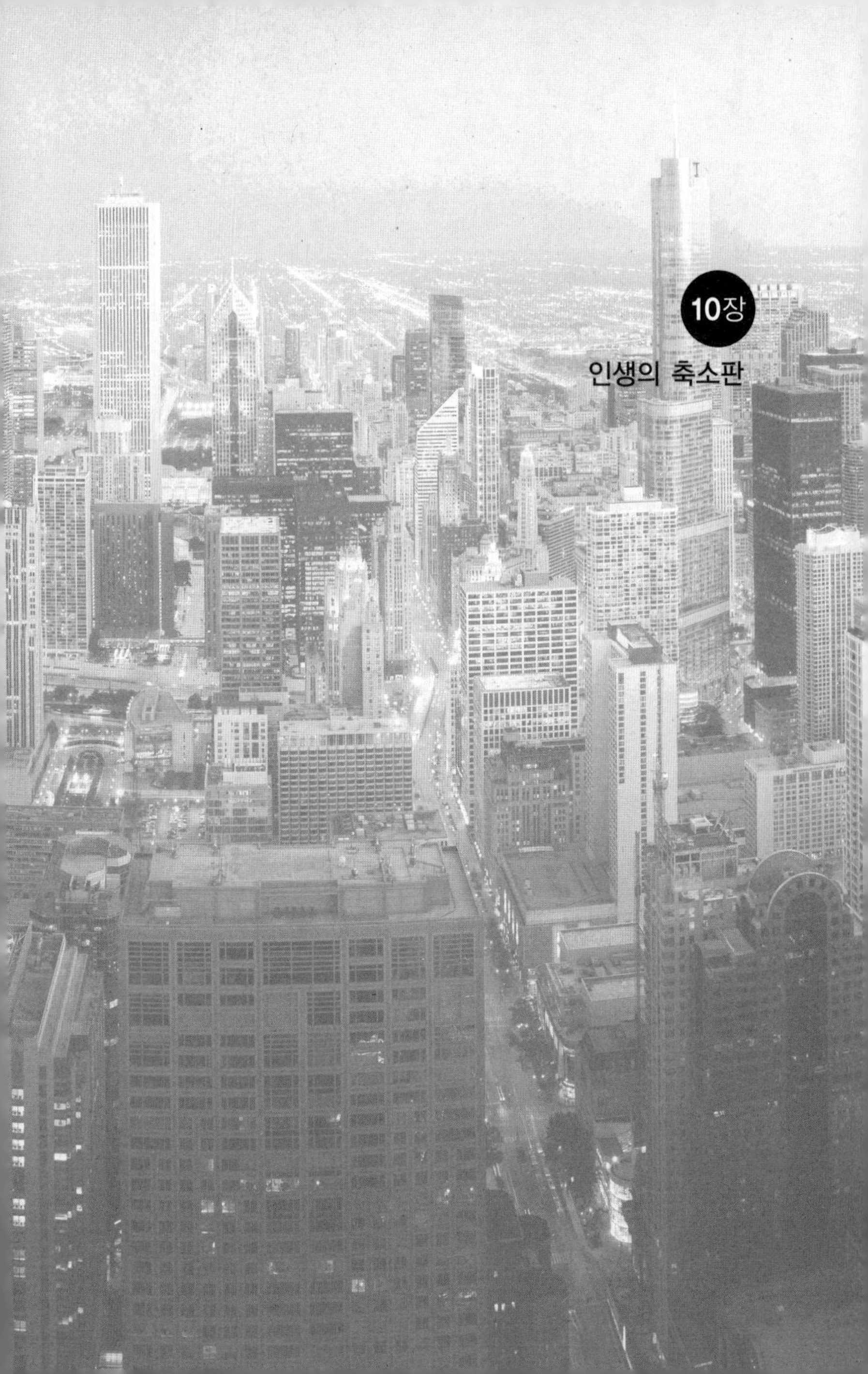

실험은 무사히 끝났다.

윤정은 얼마가 걸릴지 모르는 재활 운동에 돌입했다.

실험 과정에서 가장 주목을 받은 것은 유나였다. 유나 스트레칭 동영상이라고 해서 실시간 검색어 1위를 차지하는 기염을 토했다.

그렇다고 고은철이나 슈트, 브레인—Wr에 대해서 아무런 기사가 없었던 건 아니었다.

상당한 주목을 받았는데, 환자 가족들의 문의 전화에 고은철이나 현정목은 죽을 지경이라는 소문이었다.

그런 상황에서도 준영은 그나마 편하게 지내고 있었는데,

인터뷰 요청을 모두 회사에서—천(天)이 대부분—막아주고 있었기 때문이었다.

하지만 그 편안함도 이틀을 가지 못했다.

"4학년 선배가 열외 없이 모이래요."

"왜?"

현수의 말에 준영은 간만의 여유가 산산조각 남을 깨달았다. 그러다 보니 자연 표정이 좋을 수 없었다.

"그야… 미루다 이젠 한계에 부딪힌 거죠."

"자세히."

"모이면 일단 간단히 커피 한 잔씩 해요. 수업이 끝나고 만나니 커피 마시고 나면 저녁 시간이에요. 그래서 저녁을 반주에 곁들여 먹어요. 그리고 끝이에요."

"이 자식아! 그걸 지금 말하면 어떻게 해!"

"…저희가 무슨 힘이 있나요? 선배님들이 시키는 대로 할 수밖에 없었어요."

준영은 일단 화를 삭였다. 현수 말처럼 1학년이 예비역에, 그것도 4학년이나 3학년 선배들의 말을 거부할 수 없는 게 당연했으니까.

"내가 아르바이트해서 준 돈은 다 술값으로 나갔겠네? 만든 적이 없으니까 부서진 적도 없을 거 아냐?"

"…네, 근데 진짜 아르바이트해서 번 돈이에요?"

"확! 이걸……."

준영이 주먹을 들었지만 현수는 이미 몇 걸음 떨어져 있었
다.

쫓아가서라도 한 대 때릴까 생각해 봤지만 부질없는 짓처
럼 느껴졌다.

아무 말도 없이 고개를 푹 수그린 채 두 손을 가지런히 앞
에 모으고 있는 경민에게 물었다.

"넌 왜 아무 말도 없냐?"

"형님, 죽여주십시오! 형님의 말씀을 망각하고 제가 할 바
를 잊고 지내던 절 죽여주십시오."

준영은 당장에라도 무릎을 꿇고 목을 들이밀 것 같은 경민
을 보자 한숨이 나왔다.

"에휴~ 지랄도 가지가지다."

"……."

"니네가 무슨 잘못이냐. 술 좋아하는 선배들이 있는 팀에
들어간 내 잘못이지. 가자!"

"…어디를요?"

"열외 없이 모이라고 했다며? 안 가?"

"가, 가요."

준영은 경민과 현수를 데리고 모임이 있는 빈 강의실로 향
했다.

"막내야, 커피 한 잔씩 뽑아 와서 돌려라."

"…네."

"…알겠습니다, 형님."

경민과 현수는 가만히 앉아 있는 준영을 흘낏 보고는 커피를 뽑으러 갔다.

커피가 도착하자 4학년 선배가 한 모금 마신 후 말했다.

"그동안 노력한 것에 비하면 결과가 너무 형편없다. 오늘부터 밤샘할 각오들 하고 해보자."

멋진 말과 함께 사람들은 일제히 대답했고, 만족스러운지 고개를 끄덕인 4학년 선배가 말했다.

"나이 든 후배님은 아르바이트 가야 한다고 하지 않았나?"

" '열외 없이' 라는 말에 취소하고 달려왔습니다."

"제대로 된 후배군. 마음에 들어. 내가 로봇 프로그래밍에 대해 확실히 가르쳐 주지."

"…고맙습니다."

"저녁 시간이 됐으니 일단 밥이나 먹고 시작해 보자고."

현수가 말한 그대로였다.

준영은 우르르 일어나 음식점으로 가는 선배들을 보며 결국 화가 폭발했다.

"선배님들, 잠깐 앉아보시죠."

"할 말 있어? 음식점에 가서 하지?"

"아뇨, 지금 당장 해야겠는데요."

분위기가 심상치 않음을 느꼈을까 준영보다 나이가 어린 선배들은 주춤했고, 나이가 많은 이들은 인상을 찌푸렸다.

"…재미있는 후배네. 그래, 일단 무슨 말인지 들어나 볼까?"

선배들이 다시 강의실 의자에 앉았다.

"일단 제가 아르바이트를 해서 드린 돈의 결과물을 보고 싶군요."

"그, 그건 그러니까 말이지… 우리가 비행기 부분에 출전할 생각이거든. 그래서 여러 번 테스트를 하다 보니 잃어버린 적도 있고 완파된 적이 있었어. 그래서 지금은 한 대만 겨우 있어."

"좋아요. 그렇다고 하죠."

"그렇다고 하는 건 뭐야? 그랬다니까."

"그럼 영수증이라도 보여주세요. 한두 푼짜리도 아닌데 영수증은 있겠죠? 세금 환급 받을 때 필요하니 좀 주세요."

"부, 부품별로 구매하다 보니 없어. 그리고 영수증 없이 사는 게 10퍼센트 싸서 그냥 현찰로 구매했어."

핑계 없는 무덤 없다더니 핑계는 요리조리 잘도 둘러댄다.

"그럼 사신 곳에 가시죠. 제가 10퍼센트 주고 영수증을 받아야겠어요."

"……."

다들 입을 다물고 서로의 눈치만 본다.

4학년 선배는 궁지에 몰렸다고 생각했는지 은근슬쩍 본색을 드러냈다.

"이거 후배가 날 못 믿나 본데… 이러면 팀 분위기가 어떻게 되겠어. 응? 정도껏 하자고, 후배님. 이제부터 열심히 하자는 분위긴데 이러면 곤란하지 않겠어?"

"솔직히 말하면 그냥 넘어가려고 했는데 도저히 안 되겠네요. 교수님을 찾아뵙고 나서 이번 일을 따지겠습니다."

준영은 사과를 했다면 넘어갔을 것이다.

자신이 준 돈으로 술을 마시고 밥을 먹었다고 하지만 팀 프로젝트에 바쁘다는 이유로 참여하지 않은 것도 잘못이라면 잘못이었으니까.

한데 너무 뻔뻔하게 나오니 이대로 넘어갈 수 없었다.

"후배님, 정말……."

4학년 선배의 눈이 가늘어졌다.

일촉즉발의 분위기.

현수와 경민, 다른 선배들까지 침을 꿀꺽 삼키며 두 사람을 번갈아 쳐다보았다.

"진즉에 그렇게 말하지 그랬어. 미안해. 사실 취업 준비하느라 너무 스트레스가 많이 쌓였었거든. 그런데 이 녀석들과 술 한 잔씩 하니 확 풀리더라고. 그래서 속으로는 안 된다 하면서도 후배님이 준 돈을 함부로 써버렸어. 내가 취직하면 꼭 갚을 테니 이번엔 그냥 넘어가자. 그리고 로봇 경연 대회는 내가 꼭 우승하게 해줄게. 이래 봬도 실력은 좋거든."

"……"

"다시 한 번 말하지만 후배님 돈 마음대로 쓴 거 미안해. 너희들은 사과 안 해?"

"미안해… 요."

"죄송합니다, 후배님."

"형, 미안해요. 사실 저도 이 형님들이랑 노는 게 즐거워서 말 못 한 거예요."

"형님, 죄송합니다."

솔직히 말하면 넘어가려고 했다니까 솔직히 말하는 4학년 선배. 그리고 모두 일제히 사과를 하니 준영은 화를 낼 수가 없었다.


"후배님, 마셔."

"…네."

얼렁뚱땅 일이 마무리되고 이모네에 저녁을 먹으러 나왔다.

반주가 없으면 안 된다며 2인당 한 병씩만 마시자는 4학년 선배의 말에 결국 술을 시켰다.

"난 이상인이야. 후배님은?"

"안준영입니다. 그냥 편하게 준영이라고 불러주세요."

"준영? 굉장히 익숙한 이름인데… 얼굴도 어디선가 본 듯한 게 낯이 익고."

준영은 올 것이 왔다고 생각했다. 한데 이어지는 이상인의 말에 순간 휘청했다.

"전생에 만났었나 보다. 엄청난 인연이네. 마셔."

준영은 현수와 경민이 왜 매번 술을 마시면서도 자신에게 일언반구도 없었는지 알 수 있었다.

이상인은 독특한 인간이었다.

재수를 해 대학에 들어왔고 휴학까지 한 적이 있어서 나이는 올해 스물일곱.

한데 나이에 걸맞는 무게감이 없으면서도 좌중을 휘어잡는 힘이 있었고, 무뚝뚝한 것 같으면서도 분위기를 즐겁게 만드는 힘이 있었다. 무엇보다도 친화력에 있어서는 타의 추종을 불허할 정도였다.

결국 1인당 반병이 아닌 소주 한 병을 먹고 저녁을 끝마칠 수 있었다.

"우리 집으로 가자. 오늘은 밤새울 각오들 하라고."

이상인의 집이 근처안 줄 알았다. 한데 그게 아니라 세 명이 모여 사는 셰어 하우스였다.

일행 아홉이 우르르 몰려 들어가자 이상인과 함께 지내는 사람들이 꽤 당황해하는 눈치였다.

"오늘 후배들이랑 밤새 할 일이 있어서 좀 시끄러울지도 모르겠다. 이해해라. 대신 내일 청소는 이 형님이 알아서 하마."

"…어차피 내일 형이 청소하는 날이잖아요."

"그래, 이해해 줘서 고맙다."

"……"

두 명은 이상인의 말에 황당해하면서도 말릴 수가 없다고 생각했는지 자신들의 방으로 들어가 버렸다.

　"중요한 것들이 많으니 모두 조심해서 앉아라. 치울 것들은 한쪽으로 얌전히 밀어놓고. 야야! 빨랫감을 밀어놓으면 어떻게 해? 그건 저기 바구니에 담아. 야! 과자 봉지가 그리 중요한 물건 같아? 니가 챙겨 갈래? 그런 건 쓰레기통에 버리라고."

　이상인의 방은 아홉 명이 구겨 앉으면 앉을 수 있을 정도로 넓었다. 대신 흔히 상상하는 혼자 사는 남자의 방을 그대로 빼다 박았다.

　퀴퀴한 냄새는 제외하고라도 빨랫감과 쓰레기들이 뒹굴고 있었고, 머리카락과 뭉쳐진 먼지들이 여기저기 굴러다녔다.

　이상인을 제외한 여덟 명은 앉기 위해서 방 청소를 먼저 해야 했다.

　"방 청소시키려고 데리고 왔죠?"

　"준영이, 넌 생각이 너무 비관적이야. 내 나름대로 완벽하게 정리한 공간이란 말이야. 너희들이 가고 나면 원상 복귀시켜야 내가 편하다고."

　"흥! 그렇다면 제가 내일 그대로 만들어 드리죠."

　"됐어. 너희들을 수고스럽게 만들고 싶지 않아. 그런데 넌 정말 어디선가 많이 본 얼굴이다."

　"…네네, 어련하시겠어요."

　준영은 이상인이 자신에 대해 알고 있음을 확신했다. 느물

거리는 얼굴을 한 대 쥐어박고 싶었지만 일단은 모른 척하고 있으니 참을 수밖에 없었다.

청소를 끝마치고 모두들 적당히 자리를 잡고 앉았다. 책상 의자에 앉아 있던 이상인이 컴퓨터를 켜면서 말했다.

"일단 내 나름대로 프로그램을 짜봤어. …뭐, 정확하게는 짰다기보다는 따왔다는 표현이 정확하겠지만 말이야. 일단 한번 보자고. 주현아."

준영은 이상인이 흘낏 자신을 보며 말을 바꾸는 게 이상하긴 했지만 지켜보기로 했다.

이상인의 말에 주현이란 선배가 가로세로 50㎝ 정도 되어 보이는 상자를 가운데 꺼내놓았고, 뚜껑을 열자 모형 비행기가 나왔다.

모형 비행기는 일반 비행기와 조금 달랐는데, 날개 부분이 유독 컸다. 그리고 좌우 날개에 움직일 수 있는 프로펠러가 각각 두 개씩 달려 있어 수직 이착륙이 가능했다.

로봇 경진 대회 비행기 부문의 기본 모델로, 속도가 느린 대신 변형이 쉽고 다양한 공중전이 가능하도록 만들어진 비행기였다.

"비행기 부문은 1단계 장애물 통과, 2단계 지상 목표물 저격, 3단계 공중전으로 이루어져 있어. 그래서 세밀한 컨트롤이 생명이야."

이상인은 스마트폰을 이용해 설명하면서 비행기를 이륙시

키고 천천히 조절하기 시작했다.

한데 그 모습이 마치 '파이팅!' 게임에 적용되었던 어댑터의 기술과 유사했다. 아니, 유사한 정도가 아니라 똑같았다.

'프로그램을 따왔다고 표현한 이유가 있었군.'

준영은 이상인이 특허권을 침해했다는 사실보다 비슷하게 만들었다는 사실에 놀랐다.

그래서 아무 말 없이 그가 하는 양을 지켜봤다.

손을 앞으로 구부리면 하강을 하고 손을 위로 올리면 상승을 했다.

한데 손동작과 비행기의 동작이 완전히 일치하지 않았고 반응 속도도 느렸다.

"컨트롤이 조금 이상한데요?"

준영은 제어에 관해 물은 것이 아니었다. 현재 상황에 대해 설명해 보라고 물은 것이었다.

"하… 하! 그건 말이지……."

어색하게 웃으며 머리를 긁적이던 이상인이 말을 이었다.

"내가 평소에 프로그램을 크래킹 하는 게 취미야."

이상인은 모두에게 말을 하는 듯 보였지만 준영에게 변명을 하는 중이었다.

"우와! 형, 저도 좀 가르쳐 주세요."

"현수야, 그건 일단 나중에 얘기하자. 어쨌든 비행기 프로그램을 만들다 보니 파이팅이라는 게임이 생각나더라고. 게임처럼 손을 이용해 조종할 수 있다면 우승도 가능할 거라고 생각했어. 그래서 크랙을 시도했어."

"쉽지 않았을 텐데요?"

"게임 자체야 어렵지 않았어. 한데 게임에 포함된 그 기능을 크랙 하기는 불가능하더라고. 게임 회사에서 쉽게 카피할 수 있게 해뒀을 리가 없잖아."

"그런 거치고는 꽤 유사하게 만들었는데요?"

"스마트폰과 컴퓨터를 연결해서 스마트폰에서 나오는 데이터를 몽땅 분석했어. 그리고 여러 번 반복해서 공통적인 것만 빼서 리모컨 프로그램을 만든 거야."

짝짝짝짝!

준영은 이상인의 노력에 박수를 보냈다.

말은 쉽게 하고 있지만 결코 쉽지 않은 작업임을 준영은 알고 있었다.

소프트웨어뿐만 아니라 적외선 장치를 제어할 수 있는 기계어까지 알아야 함은 물론이거니와 수많은 쓰레기 코드를 걸러내고 그걸 다시 분석해서 프로그램을 만들었다는 것에 경의를 표한 것이다.

물론 '그 시간에 새로운 프로그램을 만들지' 라는 생각도 한편으로 들긴 했다.

"형님, 상인이 형님이 만든 프로그램이 그렇게 대단한 겁니까?"

경민이 물었다.

"응, 대단한 거야. 한데 잘못했다간 감옥에 갈 수도 있다는 단점이 있지만 말이야."

준영은 이상인을 보며 대답했다.

"하… 하… 설마. 내가 그 회사 사장을 아는데 그런 걸로 신고할 친구로는 보이지 않더라고."

"겉으로 보는 것과 다른 사람들이 있죠."

"내가 알아! 그 착한 분이 그럴 리가 없지. 세상에서 가장 아량이 넓고, 잘… 생기고, 마음씨 좋은 사람이란 말이야."

이상인의 말에 준영은 피식 웃을 수밖에 없었다.

"선배님이 그렇다고 하니 그 사장, 참 좋은 사람인가 보네요. 그럼 어떤 것부터 시작할까요?"

"뻔뻔하긴……."

"네?"

"아, 아무것도 아냐. 너희들이 할 일은 필요 없는 코드들을 찾아내 없애는 거야. 반복 작업이라 힘들긴 하겠지만 내년을 위해서라도 필요한 프로그램이니 가급적 한 줄씩 꼼꼼히 봐. 나랑 준영이는 간식 사러 갔다 올 테니까 하고들 있어."

이상인은 학생들에게 자세한 지시를 내린 후 준영에게 손짓을 했다.

"언제 아셨어요?"

밖으로 나와 마트로 가던 중 준영이 물었다.

"이모네서. 긴가민가했는데 웃는 얼굴을 보니 알겠더라. 근데 왜 그동안 잘난 척 안 했냐?"

"잘난 척할까요?"

"지금도 충분해. 더 이상 하면 재수 없어."

"선배들에겐 왜 말 안 했어요?"

"감추고 있는 걸 굳이 말할 필요 없잖아? 그리고 걔네들도 곧 알거야. 명색이 컴퓨터학과 학생들인데 IT 업계의 새로운 대표 주자라고 불리는 사람에게 관심이 없을 리가 없지. 게다가 요즘엔 아예 잡지에 도배되다시피 하고 있으니 모르는 애들이 이상한 거야."

준영은 이상인의 말을 듣고 숨기는 것을 그만둘 때라고 생각했다. 숨기려고 하는 것이 잘난 척하는 것처럼 보일 수도 있는 일이었다.

'아는 체하면 있는 그대로 대답하면 되겠지.'

벌써 2학기라 색안경을 끼고 볼 사람들은 없을 것이라고 준영은 생각했다.

마트는 10분 거리에 있었다. 안으로 들어간 이상인은 먹을 것뿐만 아니라 각종 생활용품까지 샀다.

"236,700원입니다."

이상인은 직원의 말에 계산을 할 생각은 하지 않고 봉지에 연신 물건만 담고 있었다.

"계산 안 하세요?"

"부자인 니가 해라. 가난한 서민이 계산을 해야겠니?"

"잘난 척하지 말라면서요?"

"내 앞에서는 마음껏 해도 돼."

"……."

호구가 되는 건 순식간이었다.

잔뜩 사 들고 집으로 돌아오니 선배들과 현수, 경민은 파트별로 모두 열심히 코드를 분석하고 있었다.

특히 아직 1학년인 현수와 경민은 모르는 것이 많음에도 하나라도 더 알기 위해 연신 선배들에게 질문을 던지고 있었고, 선배들은 친절하게 질문에 답해주며 앞으로 공부해야 할 것을 말해줬다.

"준영 후배님, 혹시 기계어 알아요?"

"네."

"그럼 이거 봐서 고칠 부분 있는지 좀 찾아줘요. 가급적이면 쉽게 바꿀 수 있으면 그렇게 해도 돼요."

프로그래밍에도 수학이 필요했다.

중학교 수준 정도만 알아도 충분한데 문제는 응용 능력이었다. 간단한 방정식을 이용한 스무 줄 정도의 코드만으로도 컴퓨터 화면 가득 아름다운 꽃이 피고 지게 만들 수 있었다.

준영은 선배가 넘긴 코드를 훑어보기 시작했다.

'괜찮네.'

준영의 눈에는 군더더기가 많이 보였지만 그래도 깔끔하

게 잘 만든 편이었다.

적외선 장치에 대한 접근 방식이 달라 머릿속에 자신이 만들었던 코드들과 비교하면서 보는 재미가 있었다. 한데 왠지 코드가 너무 짧았다.

비행기를 이착륙시키고, 좌우로 움직이게 하는 게 전부였다.

손가락 동작에 따라 BB탄을 발사하고 물감 미사일을 발사하는 기능, 회피 기능, 회전 기능 등을 지정해 주는 코드들이 구현되어 있지 않았다.

"나, 취업 준비생이야. 그 정도만으로도 손가락이 빠질 정도로 열심히 한 거라고. 나머지는 같이 하자고. 같이."

"이제 축제까지 10일도 안 남았는데요?"

"그러니까 이렇게 밤을 새우는 거지. 오늘 안 되면 내일, 내일이 안 되면 모레가 있잖아. 그러니 천천히 하자고."

하루 이틀이면 몰라도 계속 밤새울 여유는 없었다. 오늘도 원래 하트홀릭이 나오는 행사장—KYT와 계약을 하면서 클럽에는 더 이상 출연하지 않고 행사를 뛰고 있다—에 갈 생각이었다. 오늘이 아니면 한동안 볼 시간이 없었기 때문이었다.

준영은 가방에서 평소 들고 다니던 고글과 글러브를 꺼내 스마트폰에 연결했다.

그리고 이상인이 짜놓은 프로그램의 뒷부분을 작성하기 시작했다.

이미 만든 경험이 있어서 거칠 것이 없었다.

게임 '파이팅!' 에서 쓰는 기능을 모두 쓸 필요는 없었기에 그리 긴 시간이 필요하지는 않았다.

디버깅—오류 수정—까지 마친 준영은 고글과 글러브를 벗었다.

"……."

방 안은 조용했다. 여덟 명의 시선이 일제히 준영을 향하고 있었고 입을 반쯤 벌리고 있었다.

"왜들 이래요? 프로그래밍 하는 사람 처음 봐요?"

"너처럼 하는 사람은 처음 봤다."

"형, 손이 안 보였어요."

"형님, 지나가던 모기가 형님 팔에 걸려 죽었습니다."

"후배님, 숨은 고수였군요."

준영은 자신이 프로그래밍 하는 모습을 본 적도, 볼 일도 없었다. 그러다 보니 자신이 얼마나 대단하게 움직였는지 알 수 없는 게 당연했다.

"보통 이 정도는 하지 않아요?"

"컥! 그런 잘난 척은 내 앞에서 하지 마라."

"형, 그건 좀 아니다……."

"형님, 누워 있던 모기가 되살아나 구토를… 아픕니다, 형님."

"후배님, 진짜 쩌네요."

준영의 말에 놀람은 놀림으로 바뀌었고 분위기는 원래대

로 돌아갔다.

준영이 덧붙인 프로그램을 끝까지 확인하던 이상인이 말했다.

"잘난 척할 만하네. 얘들아, 잠깐 쉬자. 준영이 때문에 여유가 생겼으니 여유를 즐겨야지. 막내야, 문밖에 봉지 들고 와라."

현수와 경민이 가지고 온 세 개의 봉지에서 나오는 먹을거리를 보고 너무 많지 않나 싶었다.

하지만 남자 여덟 명의 먹성은 놀라웠다.

그들은 준영이 물과 작은 빵을 먹는 사이, 가운데 산처럼 쌓아뒀던 음식물들이 순식간에 사라지게 하는 기적을 선보였다.

그게 끝이 아니었다.

"쩝쩝! 왠지 매운 게 땡기네."

"그러게요. 매운 닭발이나 족발이 생각나네요."

"거기에 소주까지 한잔하면… 카아~"

준영은 먹는 걸 좋아하지만 많이 먹는 편은 아니었다. 키도 크지 않고 얼굴도 평범하기 그지없는데 거기에 살까지 찌면 정말 볼품이 없었기 때문에 야식은 극도로 자제를 하고 있었다.

한데 매운 닭발과 족발이라는 말에 침이 고였다.

'오늘 하루는 봉이 되어주지.'

막 자신이 산다고 말하려는데 이상인이 먼저 말하며 보드게임을 꺼냈다.

"이 게임으로 돈을 모아보자."

그가 꺼낸 건 부루마불.

간단하면서도 중독성 있는 게임으로 앱 게임으로도 만들어져 많은 인기를 끌었던 고전 중의 고전 보드게임.

"어떤 식으로 하는 건데요?"

선배들은 다 해본 적이 있는 얼굴.

1학년을 대표해 현수가 물었다.

"간단해. 가짜 돈 대신 진짜 돈으로 하는 거야. 100만 원당천 원으로 계산, 스무 바퀴만 돌면 끝. 첫 바퀴에선 땅만 사고, 두 번째 바퀴에 호텔을 짓는 거지."

"돈이 모일까요?"

"해봐. 한 판 돌아보면 알 거야."

준영은 게임의 본질을 단번에 이해했다.

두세 명이 한다면 모를까 아홉 명이 하는 게임에서 만일 주사위를 제일 마지막에 던진다면 한 판이 돌기 전에 몇 만 원은 쉽게 잃을 수 있었다.

"순서는 가위바위보로 정하자."

게임은 이겨야 더 재미있다.

그래서 준영은 가위바위보에서 이기기 위해 머리를 굴렸다.

가위바위보는 100퍼센트 운에 좌우되는 게임일까?

습관이 없는—가령 항상 같은 것을 가장 먼저 내는—사람들끼리 동시에 손을 내민다면 그럴 것이다.

하지만 준영은 눈이 좋았다.

그래서 다른 사람들보다 아주 약간 느리게만 내면 언제든 이기거나 비길 수 있었다.

그러나 준영은 고개를 흔들었다.

재미로 하는 게임에서까지 이기겠다고 머리를 굴리고 있는 자신을 나무라며 아무 생각 없이 가위바위보에 임했다.

"가위바위보!"

"가위바위보!"

아홉 명의 가위바위보는 길게 이어졌다. 하지만 결국 결과는 나오게 마련이었다.

준영은 세 명이 남은 상황까지 갔고 결국 세 번째 주사위를 던질 수 있었다.

다행히 앞서 던진 두 명과 다른 숫자가 나와 땅의 증서를 받을 수 있었다.

"에이, 하필 7이냐."

"아싸! 12다!"

먼저 던진 사람과 같은 숫자를 던진 사람은 괴로워했고, 땅의 증서를 받으면서 가장 높은 수를 던진 사람은 즐거워했다.

한 바퀴가 돌자 벌써부터 승패의 양상이 나타나기 시작했다.

다섯 장의 증서를 가진 사람도 있는 반면 단 한 장의 증서를 가지지 못한 이도 있었다.

"으악! 또 올림픽에 걸렸다."

"하하하! 형님, 이천 원으로 모시겠습니다."

준영은 호텔을 지어 번 돈을 경민의 자리에 걸려 토해냈고, 경민은 호텔을 짓지 않고 증서만 가지고 있어도 돈을 벌 수 있는 '88올림픽'을 가지고 있어서 꽤 많은 돈을 벌었다.

"…전 파산입니다."

한 판이 끝나기도 전에 한 선배는 파산을 선고했다. 그런 그에게 이상인은 또 한 번 고통을 선사했다.

"넌 이제부터 일이나 열심히 해라."

"…네."

한 판이 끝나고 돈을 딴 사람들은 딴 돈의 반을 내놓았다. 음식을 시켜 먹을 돈이었다.

단순하지만 재미있었다.

어떤 때는 웃고, 어떤 때는 괴로워하고.

인생의 축소판처럼 생긴 게임을 하며 모두가 웃고 떠들며 즐겼다.

결국에 돈을 딴 사람은 없었다. 정도의 차이가 있을 뿐 모두 잃은 것이다.

잃었다고 생각되는 돈은 한편에 쌓여 있었다.

그리고 그 돈은 곧 닭발, 족발, 소주가 되었고 아홉 명 모두는 지난날을 회상하는 노인네들처럼 게임을 곱씹으며 즐거워했다.

"나름 재미있었어."

시원한 아침 공기를 들이쉬며 준영은 중얼거렸다.

"하아아함! 전 재미는커녕 피곤해 죽겠어요. 하필 아침에 전공 수업이 있어서… 재낄 수도 없고."

"저도 졸립니다, 형님. 하아암!"

시답잖은 얘기를 하며 새벽까지 놀다가 거실 한쪽에서 잠이 들었으니 피곤한 건 당연했다.

연신 하품을 하며 두덜대는 현수, 경민과 달리 준영은 나름 즐거운 하루였다고 자평했다.

**11장**

반작용

도창정은 'BMWC와 브레인—Wr의 비교 분석'이라 적힌 보고서를 장덕수 회장에게 내밀었다.

　"지난번 지시하신 일에 대한 보고서입니다."

　"결과는?"

　보고서를 흘낏 본 장덕수가 물었다.

　"유사한 점은 인정되나 다르다는 것이 연구소의 결론입니다."

　"연구하는 것들은 꼭 애매모호한 말을 쓴단 말이야. 간단히 설명해 봐."

　"예, 뇌파를 읽고 쓰는 것은 비슷하나 과정 자체는 완전히 다르다는 말입니다. 브레인—Wr을 만든 성심테크의 말에 의하면 우리 회사에서 만든 가상현실 게임을 보고 아이디어를 얻었다고 했습니다. 아마 그 때문에 비슷한 것이 아닐까 생각합니다."

"쩝! 죽 쒀서 개 준 꼴인가? 한데 그 어린 사장이 그런 생각을 할 동안 연구소 놈들은 왜 그런 생각을 하지 못했대?"

장덕수는 기분이 좋지 않았다.

BMC는 외국 놈들에게 뺏기고, BMWC는 경쟁사가 생겨 버린 것이다.

수많은 박사를 모아둔 퓨텍 연구소에 1년 동안 쏟아붓는 돈이 얼마인가. 물론 그들도 꽤 많은 결과물을 만들고 있긴 했다.

한데 고작 아직 대학도 졸업하지 못한 젊은이가 만들어낸 것조차 만들지 못했으니 기분이 좋을 수가 없었다.

"성심테크 사장을 만나봤다고?"

"예."

"어떻던가?"

"타고난 실력자로 보였습니다. 게다가 반골 기질도 가지고 있었습니다. 브레인—Wr을 외국에 팔아버린다는 말을 했습니다."

"허허허! 그런 말을 했어?"

"그리고 BMWC가 이미 오래전부터 개발되어 있었을 것이라 생각하고 있었습니다."

"프로그램 관련 머리만 좋은 친구가 아니었군. 하긴 그만한 나이에 그 정도 회사를 키운 걸 보면 딱히 놀랄 일도 아니지. 한데 브레인—Wr은 어떨 것 같나?"

"제품화되기로는 당연히 BMWC가 우세합니다. 하지만 응용 분야, 즉 범용성으로 본다면 브레인—Wr이 우세할 것으로 보입니다."

"마음에 들지 않는군."

경쟁을 해야 해서 마음에 들지 않는 게 아니었다.

원래 BMWC의 최종 목적은 BMC를 완전히 대체하고자 하는 것이었다.

마더를 완성하고 가상현실 게임을 만들었을 때 미국은 뇌에 직접 신호를 주는 것이 위험하다는 핑계로 퓨텍을 괴롭혔다.

가상현실 게임을 만들고 접속할 수 있는 BMC를 만들었다고 하는 한국에서조차 위험하다고 승인이 떨어지지 않았으니 퓨텍은 고사할 처지가 된 것이다.

그때 미국은 뒤로 퓨텍에 접근해 왔다.

BMC를 미국에 넘기고 퓨텍에 주주로 참여시켜 준다면 가능하게 해주겠다는 제안을 당시의 퓨텍은 거절할 수가 없었다.

하지만 장덕수도 미국의 제안을 그대로 받아들인 것은 아니었다.

BMC를 넘겨주는 조건으로 아예 각국의 승냥이 떼들을 몽땅 퓨텍에 합류시켜 버린 것이다.

그의 선택은 옳았다.

승냥이 떼들이 미국의 독주를 막아준 힘이 되었다.

그 승냥이 떼들의 집합이 최고 위원회였다.

장덕수는 당시 빼앗긴 것들을 잊지 않았다. 이제 힘을 가지게 된 그는 그것을 되찾아올 꿈을 꾸고 있었다.

그 첫 번째 타깃이 BM사였다.

현재로써는 의료와 뇌 공학 관련 분야에만 쓰이는 BMWC이지만 지금 50퍼센트 정도 만들어진 차세대 가상현실 게임이 완성되면 완전히 BMC를 대체할 물건이었다.

한데 유사한 물건이 나와 버렸다.

게다가 범용성에서 우수하다니 이는 그 프로그램을 잘 분석한다면 BMWC와 같은 것을 만들 수 있다는 말과 다를 바 없었다.

성심테크와 공존하는 건 상관없었다. 하지만 BM사와 공존할 생각은 추호도 없었다.

방법은 간단했다.

"브레인—Wr에 대한 특허권을 사게."

"BM사도 나설 겁니다."

"나서겠지. 가격은 개의치 말고 사게."

"저울질하며 가격을 올릴 수도 있지 않겠습니까?"

"글쎄, 버틸 수 있다면 그럴 수도 있겠지."

도창정은 장덕수가 무슨 말을 하는지 단번에 눈치를 챘다.

'고래 싸움에 새우 등 터지는 꼴인가?'

퓨텍도, BM사도 브레인—Wr을 사기 위해 수단과 방법을 가리지 않을 것이다.

회장실에서 나온 도창정은 중지와 검지를 이용해 관자놀이를 꾹꾹 눌렀다.

왠지 계륵과 같은 일을 맡게 된 것 같아 머리가 지끈거렸기 때문이었다.

장덕수가 가격은 개의치 않겠다고 말했지만 비싼 가격을 주고 사면 무능하게 보일 테고, 낮은 가격을 불렀다가 BM사에게 뺏기기라도 하는 날에는 좌천될 수도 있는 일이었다.

'연구소에 가서 가치를 알아보고 가봐야겠군.'

젊은 여우와 얘기를 하려면 준비를 철저히 해야 함을 지난번에 보고 깨달은 그였다.

*　　　*　　　*

와장창! 쨍그랑!

남희연 회장은 팔을 휘저어 먹고 있던 점심을 치워 버렸다.

그가 앉아 있는 침대 앞에 십여 명의 사람이 서 있었지만 하나같이 고개를 살짝 숙인 채 입을 닫고 있었다.

입을 여는 순간 남희연의 분노가 그 사람에게 쏟아질 게 뻔했으니 당연한 행동이었다.

"입이 있으면 말을 해봐! 수습을 하라고 했는데 왜 사건이 계속 커지는 건지 말을 해보란 말이야!"

"……."

"이이익!"

벙어리처럼 서 있는 이들이 마음에 들지 않았다.

하지만 화를 내고 신경질을 부린다고 해결될 문제가 아님을 남희연도 알고 있었다.

병환을 핑계로 병원에 와 있지만 그것도 오늘로 마지막 날. 이제 곧 검찰에 다시 출두를 해야 했다.

왼손으로 이마를 짚으며 고민을 했다.

믿었던 정치인들마저 발을 빼버린 상황이었고 언론과 여론은 희생양을 원하고 있었다.

분했다.

돈을 받아먹을 때는 모든 걸 다 해줄 것 같던 놈들이었다. 한데 자신이 위험에 처하자 본체만체하는 꼴들이란.

성질 같아선 당장에라도 비자금 사용 내역을 밝혀 버리고 싶었다.

하지만 그렇게 하면 기분은 좋아질지 모르지만 그룹에는 하등 도움이 되지 못했다.

"하 실장, 알아보라고 한 건 어떻게 됐나?"

"기사를 낸 기자들과 얘기를 해보니 메일을 통해서 정보를 받았다고 했습니다. 그래서 송신자를 조사했습니다만… 컴퓨터를 전혀 모르는 노인이었습니다."

"결국 아무것도 알아내지 못했다는 소리 아닌가? 회사 내부에 관련자가 있을 가능성은?"

"흔적이 아예 없었습니다. 죄송합니다."

"에잉!"

어느 것 하나 제대로 되는 일이 없었다.

이젠 결정을 내려야 할 때였다.

누군가가 그룹을 공격하고 있음을 알지만 정체를 알아야 반격을 할 것이 아닌가.

남희연은 체념한 듯 변호사를 불렀다.

"이보게, 여 변호사."

"…예, 회장님."

"빠져나갈 방법이 없겠지?"

"지금 상황으로써는……."

"몇 년 정도 받을까?"

"5년입니다. 정권 말에 특사가 가능할 테니 1년만 참으시면……."

"쯧! 위로는 필요 없네. 3년을 받은 나 회장도 만기 출소했어. 요즘 기업인들에게 호의적이지 않다는 건 나도 알아."

"죄송합니다."

"피할 수 없다면 들어갈 수밖에. 대신 최대한 3년 이내로 줄여봐."

"…알겠습니다, 회장님."

"아버지!"

남진명과 남영명이 동시에 소리쳤다.

하지만 안타까움에 외쳤을 뿐 방법은 없었다.

"소란스럽게 굴 것 없어. 휴가 간다고 생각하고 다녀오면 될 일이야. 중요한 건 그룹이다. 너희들이 할 일은 그룹을 지키는 것이다. 위기 상황이다. 무슨 일이 있어도 그룹을 살려야 한다. 절대 그 사실을 잊지 마라."

"예! 아버지."

남희연은 자신이 더 이상 이렇게 버티면 그룹이 무너질 수도 있다는 생각에 결국 결심을 한 것이다.

이미 반토막이 나버렸지만 그룹을 위해서라면 얼마든지 들어갈 수 있었다.

하지만 이 모든 것의 시작이 손자인 남세영의 치기 어린 복수극에서 시작되었다는 것을 안다면 당장 뒷목을 잡고 쓰러졌을지도 몰랐다.

"여 변호사, 유언장의 내용을 미리 집행해야겠어. 적힌 대로 아이들에게 상속을 하게. 진명이가 회장직을 맡고, 영명이가 한동화학의 사장을 맡아라. 막내 지현이에겐 리조트와 골프장을 맡기면 될 것이다. 그리고……."

침통한 표정으로 이후의 그룹 경영에 대해 결정하는 남희연의 말에 누구 하나 토를 다는 사람은 없었다.

하지만 토를 달지 않는다고 해서 불만이 없는 건 아니었다.

특히 둘째 남영명은 고개를 숙인 채 이를 악물고 있었다.

'결국 형에게 가는군.'

한동그룹의 후계 구도는 분란을 없애기 위해 오래전에 장자인 남진명으로 정해졌었다.

그렇다고 해도 바뀔 수 있다고 생각했다.

더 많은 노력을 했고, 성과도 수없이 올렸다. 그러나 결과는 변하지 않았다.

남희연이 하는 얘기는 더 이상 들리지 않았다. 그저 멍해진 마음을 추스르는 것으로도 벅찼다.

"이젠 쉬어야겠다."

남희연은 말을 마치고 쉬고 싶다며 축객령을 내렸다. 검찰로 가기 전에 마지막 마음의 정리를 할 생각이리라.

병실에서 나온 사람들은 새로운 회장이 된 남진명의 곁으로 모여들었다.

이젠 그의 시대였다.

"앞으로 열심히 해보자."

남진명이 동생 남영명에게 손을 내밀었다.

"…응, 아버지 말씀대로 열심히 할게."

남영명이 손을 잡으며 말했다.

그는 이미 결정 난 일에 반기를 들어 분란을 만들 생각은 없었다.

회장이 못 되었다고 세상이 망하는 것도 아니었고, 좀 더 시간이 지나 몇 개의 계열사를 들고 그룹 분리를 하면 되는 일이었다.

"그래, 고맙다."

비록 남희연의 일 때문에 소리 내어 기뻐할 수는 없었지만 손을 흔드는 남진명의 얼굴에는 승자의 미소가 머물러 있었다.

"한데 형⋯⋯."

"응?"

"내가 보기엔 이번 일이 끝이 아닐 것 같아."

"무슨 말이냐?"

"누군가가 우리 그룹을 노리고 공격해 오고 있음을 형도 알고 있잖아? 근데 정말 이게 끝일까? 악재가 몇 개만 더 생기면 그룹 전체가 위험해져."

병실에 온 모두가 알고 있는 사실. 하지만 공격을 하는 자의 실체를 알 수 없는 상황이니 어쩔 방도가 없었다.

남진명은 동생 남영명이 무엇을 말하고 싶은 건지 궁금했다.

동생이 똑똑하다는 건 그도 인정하고 있었다.

"그럼 어떻게 해야 하지?"

"자회사로 묶여 있는 회사들은 놔두고 계열사 몇 개를 처분하는 게 좋을 것 같아. 그룹의 자금을 확보해 부채비율 제한에 걸리지 않게 해야 해."

부채비율 제한은 지주회사가 돈을 빌려 자회사를 무리하게 확장하지 못하도록 해둔 규제 사항이었다.

즉 지주회사는 자본 총액의 두 배를 초과하는 부채액을 보유해서는 안 되는데, 한동그룹의 경우 주식 값이 떨어지면서 그 제한에 걸리게 되는 상황에 온 것이다.

"말도 안 되는 소리! 회장 자리에 앉자마자 계열사를 정리하라고? 그 욕은 누가 들을 거라고 생각하는 거지?"

회장이 되자마자 계열사를 정리한다면 자질을 의심받을 게 분명했다.

남영명을 바라보는 남진명의 눈빛이 곱지 않았다.

남영명은 아차 싶었다.

그룹을 위해서 한 말이었지만 남진명의 입장에선 자리를 뺏으려고 하는 수작으로 볼 수도 있었다.

"저, 절대 그런 뜻에서 한 말이 아냐! 그리고……."

자신이 총대를 메겠다고 말하려 했다.

하지만 이미 표정이 굳은 남진명은 더 이상 듣지 않겠다는 듯 말을 끊었다.

"변명하지 않아도 돼. 이번 얘기는 못 들은 걸로 하지."

"형……."

휑하니 뒤돌아 가버리는 남진명을 보는 남영명의 얼굴엔 안타까움이 가득했다.

"예상이 틀려야 할 텐데……."

하지만 그의 목소리엔 확신이 없었다.


"손자 교육 잘못 시킨 벌이라고 생각하세요."

한동그룹 회장인 남희연이 구속 기소되어 재판을 받게 될 거라는 기사가 1면을 장식했다.

법정 패션—병원복을 입고 휠체어를 타고, 수염을 길러 최대한 초췌하게 보이도록 하는 패션—을 하고 검찰청으로 들어가는 남희연의 사진을 보고 준영은 중얼거렸다.

"대단한 교육자 나셨군."

앞에 앉아 비아냥거리는 지(地)를 보고 준영은 교육자로서 한마디 했다.

"형은 옷이나 좀 똑바로 입지? 걸레야? 옷이야?"

"완전 꼰대구만. 낡아 보이는 옷을 여러 겹 겹쳐 입는 것이 요즘 유행이거든."

"그딴 유행을 따를 바에야 꼰대가 되고 말래."

"네네, 어련하시겠어요, 교육자님."

아까 사카모토는 왜 못 잡았느냐고 한마디 했더니 완전히 삐쳐 있는 상태였다.

"그만 빈정대. 아까는 내가 미안했어. 그냥 의미 없이 한 말이었다고."

"진심이 썩 느껴지지 않지만 네가 그렇게까지 말하니 용서

해 주기로 하지."

"네네."

참 비위 맞추기 힘든 인조인간이었다.

한참 지(地)와 아옹다옹하고 있는데 경비실에서 연락이 왔다.

—사장님, BM사에서 브레인—Wr에 대해서 할 말이 있다고 찾아왔습니다.

'BM사에서 왜?'

의문이 들긴 했지만 일단 들어오게 했다.

지(地)가 천(天)이 있는 4층으로 내려가자 BM사에서 온 두 명의 미국인이 들어왔다.

"반갑습니다, 안 사장님. BM사 아시아 지부의 테리 정입니다. 이쪽은 본사에서 오신 마이클 톰슨 이사님이십니다."

"마이클 톰슨이오."

테리 정은 한국계 미국인인 듯 한국어를 완벽하게 구사했고, 마이클 톰슨은 영어로 말했다.

준영은 한국어를 잘하는 이가 있었기에 굳이 영어로 말하지 않고 한국어로 인사를 했다.

"성심테크의 안준영입니다. 반갑습니다. 이쪽으로 앉으시죠."

소파를 권한 후 자리에 앉았다. 그리고 두 사람이 앉자 단도직입적으로 물었다.

"한데 BM사에서 어쩐 일이십니까?"

"귀사의 브레인—Wr을 사고 싶습니다."

BM사가 왔다고 했을 때 혹시나 했던 것이 테리 정의 입에서 나왔다.

퓨텍의 도창정에게 팔 수 있다고 말한 건 BMWC와 다르다는 걸 말해주고 싶어서 한 말에 불과했다.

BMWC가 있는 퓨텍이 특허권을 살 이유가 없었다.

한데 전혀 엉뚱하게 BM사가 브레인—Wr을 사겠다고 나서다니 이건 자신이 모르는 뭔가가 있다는 얘기였다.

"팔 생각은 있습니다만… 조금 갑작스럽군요."

준영은 이유를 알기 위해서 다소 애매하게 대답했다.

"한국보다 미국의 의료 사업이 훨씬 큰 것을 안 사장님도 아실 겁니다."

"잘 알죠."

돈이 없으면 치료를 받지 못하고, 간단한 수술도 수백만 원이 넘으며, 의료 민영화를 통해 병원을 거대 기업으로 만들어 준 곳이 미국이었다.

"현재 전신 마비 환자의 척추 신경을 되살리는 실험을 하고 있음을 알고 있습니다. 저희는 충분히 성공할 수 있다고 믿고 있습니다. 특히 미국의 줄기세포와 함께한다면 더욱 성공 가능성이 높겠죠."

"그렇게 생각하신다니 고맙군요. 한데 사신다면 얼마에 사실 생각이신지요?"

타당한 이유였지만 의료 사업과는 특별한 연관이 없는 BM사가 그런 이유로 산다니 의문만 커질 뿐이었다.

하지만 대답을 기대하기에 두 사람은 만만한 상대가 아니었다. 그래서 가격을 물었다.

"2억 달러입니다."

2,000억. 큰돈 같지만 브레인—Wr의 특허권 값치고는 적었다.

"한국에 대해 잘 아시는군요."

"무슨 말씀이신지……."

이 빌어먹을 나라는 남이 개발한 기술을 정당하게 돈을 주고 사는 법이 없었다.

특정 기술을 개발한 중소기업에서 기술자를 빼내가서 그대로 만들어도 대기업의 손을 들어주는 정치권도 한몫했지만 대기업은 뺏는 걸 아주 당연하게 여기고 있었다.

지금 눈앞에 있는 놈들도 똑같았다.

그럴싸한 금액을 제시한 것 같지만 날로 먹겠다는 말과 다를 바 없었다.

"제가 한국인이라고 힘없는 중소기업처럼 당할 거라 생각하지 마세요. 차라리 특허권을 전 세계에 공유하고 말겠습니다. 거절하죠."

준영은 영어로 마이클 톰슨에게 말했다.

"가격이 마음에 안 드나 보군요?"

"제가 3,000억을 드릴 테니 BMC에 대한 특허권을 넘기시
지요."

"......!"

어이없다는 표정을 짓는 마이클 톰슨.

그를 보고 준영은 말을 이었다.

"두 분이 하신 제안이 제가 방금 한 말과 다를 바가 없다는
뜻입니다."

"…얼마나 원하십니까?"

"글쎄요? 아직까지 가치를 산정해 보지 않아 말씀을 드리
기 곤란하군요. 하지만 적어도 10억 달러는 넘지 않을까 생각
중입니다."

"BMWC가 있는 상황에서 그건 무리한 금액이라고 생각되
는군요. 게다가 제가 제안할 수 있는 금액을 넘어섰습니다."

"그럼 다시 상의를 해보시고 오세요. 그동안 전 브레인─
Wr의 가치에 대해 산정을 해보겠습니다."

두 사람을 보내고 4층으로 내려갔다.

일본으로 보낼 열두 대 로봇들이 거의 마무리되어 가고 있
었다.

"BM사 직원들이 왜 온 거죠?"

뜬금없는 질문이었지만 항상 사무실을 살피고 있는 천(天)이
모를 리가 없었다.

"퓨텍에서 개발하고 있는 가상현실 게임은 BMWC를 이용해야 접속이 가능해."

친절한 설명은 아니었지만 알아들었다.

"퓨텍과 BM사는 겉으로 보이는 것과 달리 경쟁 관계에 있군요?"

"퓨텍이 BM사를 일방적으로 싫어하는 거야. BMC가 원래는 퓨텍의 기술이었으니까. 생각해 봐. 가상현실 게임을 만들었는데 접속 기술은 다른 곳에서 만들었다는 게 말이나 되는 일이야?"

준영의 머릿속에 순식간에 그들의 관계에 대한 역학 관계가 그려졌다.

"오호! 이거 돈이 되겠는데."

"BMWC가 접속 기술이 될 거라는데 팔겠다고?"

"가상현실 게임이 몇 퍼센트나 만들어졌는데요?"

"51.5퍼센트."

"그렇다면 필요 없는 기술이에요. 팔아버리는 게 좋아요. 성심테크 본사의 개발이 가속화되겠군요."

천(天)은 준영의 말에 더 이상 아무 말을 하지 않고 인조 피부에 문신을 새겼다. 곧 필요 없어질 기술이라는 말에 수긍했기 때문이었다.

준영은 천(天)이 하고 있는 문신을 바라보다가 인상을 구겼다.

그녀는 십장생에 이어 십이지신(十二支神)을 새기고 있었다.


이튿날, 퓨텍에서 도창정이 찾아왔다.

"브레인—Wr을 사기 위해 오셨습니까?"

준영의 말에 악수를 하던 도창정이 흠칫 놀랐다.

"…BM사에서 왔군요?"

"네, 어제 왔었습니다. 앉으시죠. 작은 회사라 아직까지 비서가 없습니다. 커피? 아님 차를 드릴까요?"

"시원한 물이면 충분합니다."

준영은 생수 두 병을 꺼내 소파에 앉았다.

도창정은 BM사에서 찾아왔으니 사설을 길게 늘어놓을 필요가 없다고 생각했다.

"BM사가 얼마나 제시했는지 들을 수 있겠습니까?"

"말할 가치도 없는 낮은 가격이었습니다. 날로 먹을 생각이더군요. 그래서 한마디 해줬습니다. 한국인이라고 항상 뺏기고 사는 건 아니라고요."

'구미호 같은 놈.'

말하는 모양새가 그냥 여우가 아니었다.

"하하! BM사가 그런 면이 있죠."

"이해해 주시니 마음이 놓입니다. 하하하!"

"퓨텍 연구소에 브레인—Wr의 가치에 대해 알아보았습니다. BMWC가 없다면 천문학적인 가치를 지닌 물건이더군요."

"퓨텍 연구소의 조사 결과라면 믿을 만하죠."

퓨텍 연구소에서 발간되는 경제 보고서는 준영도 항상 챙겨 보는 잡지였다.

"하지만 유사한 프로그램과 장치들이 개발될 가능성을 생각한다면 미래로 갈수록 가치는 떨어질 겁니다."

"맞습니다. 하지만 선점의 효과 또한 무시 못 할 일이죠."

"그래서 퓨텍이 제시할 금액은 다음과 같습니다."

준영은 도창정이 내미는 보고서 형태의 서류를 받아 읽어 보았다. 그리고 마지막에 적힌 금액을 보았다.

1,000,000,000,000원

열두 개의 공(0)이 눈을 어지럽혔다. 준영은 인상이 살짝 찌푸려졌다.

"그 정도면 적당한 가격이라고 생각했는데 안 사장님의 생각은 조금 다른가 봅니다?"

"큰 차이는 없습니다만… 제가 알아본 가치보다는 낮군요."

'쯧! 이 정도 금액이라면 당장 사인할 줄 알았더니.'

연구소에서 분석한 가치보다는 적은 금액이었다.

하지만 가치대로 사는 건 무능력하다고 자랑하는 꼴이었다.

"큰 차이가 아니라면 조율이 가능합니다."

"역시 퓨텍이군요. 게다가 BM사와 달리 전권을 위임받고 오신 것 같은데 그 또한 마음에 듭니다."

"맞습니다. 제가 전권을 위임받았습니다. 즉 그 말은 제가 마음이 바뀌면 계약 자체가 무산될 수도 있다는 뜻이죠. 부디 현명한 선택을 바랍니다."

"…1.5는 무리일 테고, …1.3이나 1.2면 조율이 가능하다는 말씀이군요."

"…네."

'망할 자식! 이젠 간까지 보는군.'

도창정은 눈앞에 있는 준영의 멱살을 잡아 흔들고 싶었다.

자신의 표정을 보고 한계선을 유추한 것이다.

두 번 다시 상대하고 싶지 않은 자였다.

게다가 이어지는 말에 두 주먹이 불끈 쥐어졌다.

"알겠습니다. 잘 생각해 보겠습니다. BM사에서 온다고 했는데 계약을 한 상태로 맞이할 수는 없으니 조만간 결론을 내리고 연락드리겠습니다."

"현. 명. 한. 선. 택. 하시길……."

도창정에게 있어 자신이 절대 기획실장의 재목이 아님을 새삼 깨달은 날이었다.

준영은 두 시간 후에 BM사의 테리 정과 마이클 톰슨과 마주 앉았다.

"어떻게 윗분과 상의는 해보셨습니까?"

준영이 영어를 잘한다는 것을 안 마이클 톰슨이 직접 나섰다.

"그렇소. 한데… 퓨텍에서 다녀갔나 보군요?"

그가 테이블 위에 놓은 서류—퓨텍 마크가 잘 나타나 있는—의 겉장을 흘낏 보며 표정을 굳히며 물었다.

준영은 짐짓 모른 척하고 있다가 놀란 듯이 말했다.

"아, 네, 퓨텍 연구소에서 브레인—Wr의 가치를 측정한 보고서입니다. 보시겠습니까?"

"괜찮다면 보고 싶군요."

한글로 된 보고서였기에 준영은 테리 정에게 서류를 건넸다.

보고서를 읽던 테리 정은 다소 심각한 표정으로 마이클 톰슨과 귓속말을 속삭였다.

준영은 예의상 고개를 돌려 딴짓을 했다.

한참 얘기를 나누던 마이클 톰슨이 헛기침을 하며 말을 꺼냈다.

"험, 퓨텍에서 꽤 많은 금액을 제시했군요?"

"거기 적힌 게 결정된 금액은 아닙니다."

"…우리가 제시할 수 있는 최종 금액은 1조 3,000억입니다."

"최선입니까?"

"네?"

"하하! 옛 TV 드라마에서 나온 대사였습니다. 어제보다 1조나 많은 금액을 제시해 기분이 좋아 한 말이니 개의치 마십시오."

"하면 계약하시겠소?"

"두 분께는 죄송하지만 생각할 시간을 주셨으면 좋겠습니다. 이틀간 BM사와 퓨텍에서 브레인—Wr에 보여주신 관심에 정신이 없습니다. 결정을 하게 된다면 바로 연락을 드리겠습니다."

마이클 톰슨은 준영이 퓨텍과 BM사를 사이에 두고 줄다리기를 하고 있음을 알았다.

당장 계약할 수 없음을 알게 된 마이클 톰슨은 다소 거칠게 자리에서 일어났다.

그리고 침중한 목소리로 준영에게 경고했다.

"부디 현명한 결정을 바라오."

준영은 두 사람이 밖으로 나가자 중얼거렸다.

"이놈이고 저놈이고 현명한 결정을 하라는군. 걱정 마. 누구보다도 현명한 결정을 할 테니까."

그러곤 아무 일도 없었다는 듯 책상으로 가 일을 시작했다.

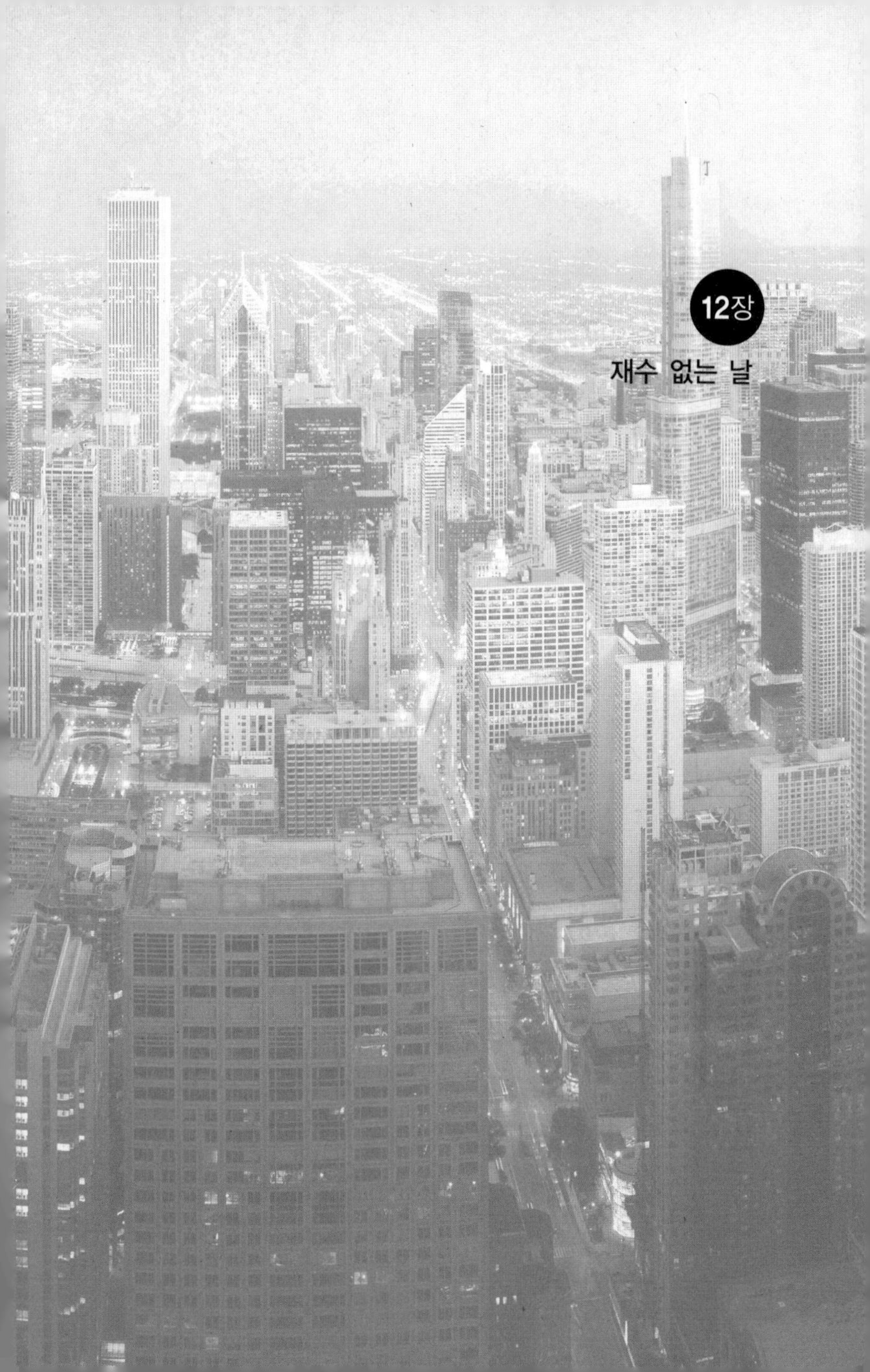

# 12장

## 재수 없는 날

중간고사가 끝나고 축제 기간이 됐다.

마지막 3일째.

이른 아침부터 각 동아리와 학과별로 축제에 참여하기 위해 분주히 움직이고 있었다.

어젯밤 광란의 현장을 청소하며 음식점을 준비하는 곳도 있었고, 연극을 하는 동아리인지 고래고래 대사를 연습하는 이들도 있었다.

그들 중 가장 분주한 곳은 역시나 컴퓨터학과.

1학년부터 4학년까지 열외 없이 거의 전부가 참여한 로봇 경진 대회가 바로 오늘이었다.

넓은 운동장에서 각 팀은 로봇을 조작하며 1시부터 있을 대회를 준비했다.

같은 학과지만 팀끼리도 경쟁자이다 보니 간단한 조작만을 선보이고 있었지만 걸린 게 크다 보니 긴장감은 어느 때보다 높았다.

물론 모든 팀이 그런 건 아니었다.

이미 포기한 듯한 팀들도 있었고, 참가에 의미를 두는 팀들도 있었다.

"든든하게 점심 먹으러 가자. 오늘은 내가 쏜다."

스탠드에 앉아 하품을 하며 시험 비행을 보고 있던 이상인이 말했다.

막 비행기를 날려 테스트를 하려던 준영의 눈이 가늘어졌다.

준영의 눈빛을 느꼈는지 이상인이 한마디 덧붙였다.

"네가 집에서 따뜻하게 자는 동안 우리는 밤새도록 열심히 연습했다."

"밤새 유아교육과 주점에서 술 마신 건 아니고요?"

움찔!

"누, 누가 그래?"

"유아교육과 주점 앞에 붙은 전단지 못 봤어요? 이상인 외 일곱 명 주점 출입 금지라고 적혀 있어요."

"마, 말도 안 돼. 우리가 얼마나 매너 있게 행동했는데. 안 그래, 애들아?"

일곱 명은 부끄럽다는 듯 이상인을 외면했다.

"이것들이! 아침에 해장국까지 사 먹였더니……."

이상인은 배신감에 치를 떨었지만 준영의 눈빛에 결국 잘못을 시인했다.

어찌 되었든 점심때가 되어 모두 식당으로 갔다.

"민혁이라는 아는 동생이 오늘 여자들 데리고 온다고 해서 소개시켜 줄까 했는데 선배들 하는 걸 보니 혼자 오라고 해야겠네요."

"진짜요?"

눈이 초롱초롱해진 현수가 물었다.

"응, 무용과에 여친 생겼다고 그 친구들 데리고 오기로 했어."

민혁으로부디 축제도 볼 겸 여자를 소개시켜 준다며 연락이 왔다. 그래서 준영은 데려오는 김에 몇 명 더 데리고 오라고 했다. 일 때문에 로봇 경진 대회를 돕지 못한 미안한 마음 때문이었다.

한데 지금은 미안한 마음이 완전히 사라진 상태였다.

"…흥! 무용과라고 다 예쁜가? 몸매도 빼빼 말라서 내 스타일이 아냐."

관심이 없는 척 허세를 부리는 이상인.

준영은 가볍게 핀잔을 줬다.

"형 얼굴도 생각하셔야죠?"

"내 얼굴이 어때서? 널 보게 된 이후론 부모님께 항상 감사한 마음을 가지게 된 얼굴인데."

"그리 감사해하지 않으셔도 될 것 같은데요. 뭐, 어쨌든 형은 싫다고 했으니 경쟁률이 줄었군요."

싫다는 사람까지 챙겨줄 생각은 없었다.

"준영이 형, 온다는 애들 얼굴은 어때요?"

"글쎄, 나도 잘 모르겠다. 하지만 민혁이란 애가 워낙 얼굴을 따지는 애니 기본은 하지 않을까 싶다."

"리얼 페이스로 보내달라고 해보세요."

"리얼 페이스?"

준영은 생소한 단어라 반문을 했다. 그러자 현수 옆에 앉아 있던 경민이 그런 것도 모르냐는 듯이 설명을 했다.

"노 사진빨이라는 앱이 있어요. 그 앱을 사용하면 얼굴을 완벽하게 구현해서 볼 수가 있어요. 요즘 소개팅하기 전에 리얼 페이스는 필수예요."

'노 사진빨'이라는 앱 이름은 들어본 적이 있었다.

성심테크의 어댑터를 이용하고 있는 앱이었다.

"그래? 잠깐만."

준영은 민혁에게 메시지를 보냈다.

─수업 중이냐? 사람들이 오늘 데리고 올 여자 분들의 리얼 페이스를 보고 싶다는데?

수업 중이 아니었는지 전화가 왔다. 준영은 스피커폰으로 전환한 후 통화 버튼을 눌렀다.

"응, 민혁아."

—형, 절 못 믿는 거예요?

"그건 아니고. 궁금한가 봐."

—리얼 페이스 보내주면 그쪽도 보내줘야 하는 건 아시죠?

"그러냐?"

—네, 기껏 괜찮은 애들을 섭외했는데 잘못하면 시작도 하기 전에 깨질 수가 있어요. 어쨌든 저희 쪽은 자신 있으니까 보낼게요. 그쪽도 확인해 보고 보내주세요.

"오냐."

잠깐 기다리자 여러 개의 링크가 걸린 메시지가 도착했다. 준영은 그중 하나를 터치했다.

"오오!"

"우와!"

공중에 한 여자의 얼굴이 떠오르자 밥을 먹던 일행들은 일제히 감탄을 쏟아냈다.

입체 영상으로 천천히 도는 여자의 얼굴은 꽤 예뻤다.

긴 생머리에 쌍꺼풀이 없음에도 큰 눈, 도톰한 입술이 매력적인 여성이었다.

준영은 차례로 링크를 클릭하여 소개팅할 여성들의 얼굴을 확인했다.

민혁이 왜 투덜댔는지 이해가 될 만큼 예쁜 얼굴들이었다.

모두들 당장에라도 소개팅을 하고 싶어 하는 모습이었다. 하지만 일행들의 면면을 살피던 준영은 가볍게 한숨이 나왔다.

남자들의 리얼 페이스를 보내라는 민혁의 메시지가 있었기 때문이다.

'남자는 외모를 제일 먼저 보지만 여자는 좀 다르다고 했으니……'

사람마다 취향이 다르다는 점이 유일한 희망이었다.

준영은 앱을 다운로드 받아 실행했다.

설명을 보니 리얼 페이스를 만드는 법은 그리 어렵지 않았다. 촬영 모드로 얼굴 전체를 빙 돌려가며 촬영을 한 후, '두상'이라 적힌 버튼을 클릭하면 적외선이 두상 전체를 스캔했다.

그리고 이 둘이 합쳐져서 리얼 페이스를 만들어냈다.

준영은 자신까지 포함해 여덟 명의 리얼 페이스를 만들어 메시지를 보냈다.

"……"

그때 이상인이 슬금슬금 준영의 옆에 와 앉았다. 그리고 알기 쉬운 눈빛으로 준영을 쳐다보았다.

"형 스타일이 아니라면서요?"

"스타일은 변하는 법이다. 어서 찍어서 보내라. 예쁜 여자들을 기다리게 하는 건 실례다."

"보내는 게 실례인 것 같은데요?"

"닥치렴. 오늘 일회전에서 비행기가 추락하는 꼴을 보고 싶지 않으면 얼른 보내라."

어이없는 협박에 준영은 피식 웃곤 이상인의 리얼 페이스를 만들어 보냈다.

그리고 잠시 뒤 민혁의 메시지가 도착했다.

―형 소개시켜 주려고 했던 애는 형 얼굴 보더니 하기 싫다네요. ――;; 어쨌든 다른 다섯 명은 짝을 정했어요. 메시지 보낼 테니 확인해 봐요. 좀 있다 봐요, 형.

'리얼 페이스에선 분위기발은 소용없구나. 크~'

안타깝긴 했지만 실제로 봐서 서먹서먹하게 있다가 헤어지는 것보다는 나을 것 같았다.

새로운 메시지가 도착했다. 누군가와 누군가가 짝이 되었다는 메시지였다.

"어떻게 됐어요, 형?"

"누가 됐어요, 후배님?"

"난 당연히 됐겠지?"

다들 궁금해했지만 준영은 스마트폰을 끄고 호주머니에 넣어버렸다.

"경진 대회 끝나고 난 다음에 가르쳐 줄게요. 지금 말했다 간 시합이고 뭐고 없을 것 같으니까요."

"으악! 그런 게 어디 있어요?"

"후배님, 이러면 안 되는 겁니다!"

"난 당연히 됐겠지? 말해! 말하란 말이다!"

사람들이 난리를 피웠지만 준영은 유유히 식당을 빠져나왔다.


로봇 경진 대회는 대강당에서 이루어졌다.

1층에서는 지상 로봇 경기가, 공중에서는 비행기 경기가, 지하 수영장에서는 수중 로봇 경기가 이루어질 예정이었는데 가장 먼저 지상 로봇 경기가 준비 중이었다.

지상 로봇 1단계는 장애물 경기.

누가 빨리 장애물을 통과해 결승점에 도달하느냐가 승부의 관건이었는데 1단계를 통과해야만 2단계로 갈 수 있었다.

관람석에선 직접 볼 수도, 공중에 떠 있는 화면을 통해서도 볼 수가 있었는데 다양한 각도로 잡아 로봇의 성능을 정확히 확인할 수 있었다.

관람석에는 군복을 입은 사람들과 교수진, 그리고 로봇에 관심이 있는 학생들로 북새통을 이루고 있었다.

"시작한다!"

참가 학생 중 한 명이 소리쳤고, 준영은 관람석보다 훨씬 잘 보이는 참가자 자리에 앉아 사이버국방학과 첫 번째 팀의 로봇에 집중했다.

지상 로봇은 원통 모양으로 좌우에 커다란 바퀴가 달려 있어서 웬만한 장애물은 구르는 것만으로도 넘어갈 수 있는 구조였다.

　첫 번째 장애물에는 요철 지역과 바퀴가 빠질 만한 구덩이는 물론 로봇 전체가 빠지는 구덩이도 있었다. 특히 바퀴가 통통 튀며 전혀 엉뚱한 곳으로 가는 경우가 많았기에 쉬운 곳이 아니었다.

　"아아!"

　첫 번째 팀의 로봇이 본체가 보이지 않을 정도로 깊은 구덩이에 빠지자 관람석에서는 아쉬운 감탄사가 터져 나왔다.

　하지만 조종하는 학생은 예상이라도 했다는 듯 표정의 변화 없이 리모컨을 작동시켰다.

　위이이이잉!

　모터가 급속도로 빨리 회전하는 소리와 함께 로봇이 구덩이를 빠져나왔다.

　약간의 시간이 걸렸지만 작년 최고 기록과 비슷하게 요철 지역을 빠져나온 로봇은 다음 장애물인 계단 장애물 앞에 섰다.

　구덩이를 빠져나올 정도로 모터의 힘이 강하니 계단은 문제가 없을 것이라 생각했지만 몇 계단 올라가다가 번번이 턱에 부딪히며 아래로 떨어졌다.

　결국 사이버국방학과의 첫 번째 팀은 계단에서 좌절을 했다. 너무 좋은 모터의 성능이 오히려 방해가 된 것이었다.

"컴퓨터학과, 파이팅! 몬스터즈, 화이팅!"

컴퓨터학과의 첫 번째 팀, 몬스터즈가 나섰다.

"어?"

준영은 이상한 점을 발견하고 소리쳤다.

몬스터즈는 리모컨, 아니, 스마트폰을 들고 조종을 했다. 문제는 어댑터의 기술을 사용한다는 것이었다.

"어떻게 된 거죠?"

준영이 이상인을 보고 물었다.

"…애들이 가르쳐 달라는데 어떻게 하냐? 같은 컴퓨터학과 끼리 거절을 할 수가 있어야지."

"순수하게 학과를 위하는 마음이었다?"

"그, 그야 우리가 고생해서 만든 프로그램이니 소정의 수 고비는 받았지……."

"몇 팀이나요?"

"……."

"22개 팀 전부에 팔았군요."

"아냐! 비행기 팀에겐 팔지 않았어."

준영은 참가자 명단을 봤다.

한 팀이 한 종목만 나가야 한다는 규정은 없었다. 즉 세 종 목 모두에 나가도 상관없다는 말.

컴퓨터학과 비행기 팀들 중 준영의 팀을 제외하곤 모두 지 상전이나 수중전에 이름을 올리고 있었다.

"…한 팀은 돈이 없다고 해서 그냥 줬어."

"그래도 21팀이군요. 형이 무슨 돈으로 이틀간 술을 그렇게 먹었는가 했더니 특허료를 받아서 그렇게 한 거군요."

"특허료가 아닌 프로그램을 깔아준 인건비였어."

준영은 손을 내밀며 말했다.

"줄래요? 아님 신고를 할까요?"

"나쁜 놈! 니가 방금 전에 먹은 점심도 인건비로 낸 거야."

"7,000원 빼고 주세요."

"크악! 이 나쁜 놈. 넌 정말 사악한 놈이야."

이상인은 갖가지 저주를 퍼부으며 돈을 건넸다.

"얼마씩 받았어요?"

"그건 왜?"

"돌려줘야 하니까요."

"그걸 왜 돌려줘. 돈을 준 건 비밀로 하기로 했으니 걱정 마."

"비밀이 어디 있어요? 빨리 말해요. 이러다 문제가 될 수도 있다는 거 모르겠어요?"

로봇 경진 대회지만 정확하게 말하자면 로봇 프로그래밍 경진 대회였다.

한 학과가 모두 동일한 프로그래밍을 가지고 출전한다면 프로그램의 우수성은 선보일 수 있겠지만 문제가 될 것이 뻔했다.

한 팀당 15만 원씩 받았다는 걸 들은 준영은 돈을 채워 넣은 후 이상인에게 건네며 말했다.

"각 팀에 돈 돌려주면서 말해요. 함께 개발한 거라고요. 어떤 식으로 했는지 간단히 설명해 주고요. 그리고 방금 제가 더한 100만 원은 형 이름으로 빌려준 거예요. 반드시 갚아야 할 거예요. 금리는 연 29퍼센트예요."

"······."

농담이 아닌 줄 알았는지 이상인은 돈을 들고 빠르게 각 팀을 돌아다녔다.

그 순간, 대강당에 함성이 터졌다.

우와아아아아아!!!

몬스터즈의 로봇이 장애물 경기 기록을 갈아치우면서 골인 지점을 통과했기 때문이었다.

'하여간 귀찮게 하는군.'

준영의 눈은 교수진들이 모여 있는 관람석을 향하고 있었다.

지상 로봇 1단계는 컴퓨터학과 전 팀이 통과하는 기염을 토했다.

2단계는 장애물을 건너며 목표물을 맞히는 단계였는데 이곳에서도 바퀴가 빠져 버린 한 팀을 제외하고는 모두 통과를 했다.

마지막, 로봇과 로봇의 대결.

페인트 탄을 열 발 먼저 맞추는 팀이 이기는 경기였는데, 2단계를 통과하고 올라온 사이버국방학과의 로봇들을 압도적으로 이겨 버렸다.

리모컨으로 조절하는 그들은 어댑터의 기능을 사용하는 컴퓨터학과의 로봇을 상대할 수가 없었다.

로봇에 적외선 센스를 달아뒀을 뿐이지만 마치 레이더처럼 위치를 정확히 잡아주니 질 수가 없는 경기였다.

결국 같은 컴퓨터학과끼리의 경기에서 몬스터즈가 근소한 차이로 우승을 차지했다.

비행기 부문이 시작되기 전, 아니나 다를까 이진균 교수가 참가자들이 있는 곳으로 다가왔다.

그의 얼굴은 사이버국방학과를 이겼다는 기쁨보다 의문이 가득한 표정이었다.

"이번 일에 대해 설명해 줄 사람?"

준영은 앞에 앉아 있는 이상인의 옆구리를 찔렀다. 그는 일어나지 않으려고 힘을 주며 참았지만 결국 일어날 수밖에 없었다.

"…제, 제가 말씀드리겠습니다."

"말해봐."

"교수님의 말씀을 듣고 사이버국방학과를 이길 방법에 대해 각 팀의 팀장들과 의견을 나눴습니다. 거기서 리모컨이 아닌 새로운 조종법에 대한 얘기가 나왔죠. 그래서 만들었고 모두 같은 조종 방법을 사용하게 되었습니다."

"칭찬해 주고 싶군. 한데 지금 너희들이 사용하는 기술은 성심테크의 기술이야. 그 부분에 대해서도 설명해 봐."

"제가 성심테크의 사장을 만나 교육용 목적으로 사용하고 싶다고 말했습니다. 한데 거절을 하더군요. 아주 나쁜 사람이죠."

"……."

"한데 직접 만든다면 유사하더라도 문제를 삼지 않겠다는 약속을 받았습니다. 그래서 저희가 노력해 만들게 되었습니다."

"음… 거짓이 없는 말이겠지?"

모두가 연구해 조종법만을 공유했다면 문제가 없었다.

로봇마다 기능이 조금씩 달랐는데 어느 팀은 스프링을 통해 점프를 하는 로봇도 있었고, 어느 팀은 바퀴의 크기를 조절해 장애물을 넘은 팀도 있었기 때문이다.

"예!"

관람석에서 사이버국방학과 교수와 그 때문에 설전을 벌이다 온 이진균 교수였기에 보다 확실히 하려는 듯 준영을 불렀다.

"안준영."

"…네."

"사실이지?"

"맞습니다."

"오케이, 알았어. 혹시 문제가 되면 널 부를 테니까 교수들 앞에서도 그렇게 증언해 줘."

이진균 교수가 간 뒤 학생들의 시선이 일제히 준영을 향했다. 그리고 곧 수군거리는 소리가 들려왔다.

"봐. 내가 비슷하게 생겼다고 했었지. 성심미디어의 안준영이 맞다니까."

"대박! 재산이 얼마라고?"

"1조 얼마라고 하던데. 어쨌든 졸라 부자야."

"취업도 안 되는데 취업 좀 부탁해 볼까? 진즉에 친하게 지내는 건데."

"지랄. 후배 밑에서 일하고 싶냐?"

"후배느님이라고 불러라! 이 자식아!"

컴퓨터학과 전 학년 전 학생이 거의 모인 자리에서 정체가 발각되는 순간이었다.

사람들의 시선이 바뀌었다.

같은 팀의 선배들은 배신감을 느끼며 묘한 눈빛을 보냈고, 현수와 경민은 막연히 부잣집 아들로 알고 있다가 1조 원을 가진 회사의 사장이라는 말에 옆에 와서 찰싹 붙었다.

갑작스러워서 그렇지 예상했던 일이었기에 준영은 덤덤히 현실을 받아들였다.

하지만 발을 들어 앞에 있는 이상인의 의자를 찼다.

"하아? 이젠 정체가 밝혀졌으니 막 나가자는 거냐?"

"형이 술값 벌자고 한 일 때문에 이 지경에 이른 거잖아요. 하여간 100만 원 빨리 갚아야 할 거예요. 으득!"

"그 자식, 눈빛하곤… 조폭이라도 부를 기세네. 이제 곧 우리 팀 차례다. 나랑 한 명만 나갔다 오마."

도망치듯이 나가 버리는 이상인.

준영은 사람들의 시선을 담담히 받으려 했지만 말의 전달력은 생각보다 빨랐다.

강당에 있는 모든 이의 시선이 향하는 듯해서 부담스러웠다.

결국 자리에서 일어났다.

잠시 어디라도 다녀옴으로써 시선을 분산시킬 필요가 있을 것 같았다.

"형님, 어디 가십니까?"

"담배 피우러."

준영은 경민에게 대답하고 바로 대강당을 나와 흡연 장소로 갔다.

한데 오늘 운이 없는 날이었나 보다. 흡연 장소에 남세영과 삼인방 중 한 명이 서 있었다.

준영은 일단 무시하고 시가에 불을 붙였다.

"가증스럽게 지내더니 들킨 소감이 어때?"

남세영이 이죽거리며 다가왔다.

준영은 귀찮다는 듯 손을 흔들며 말했다.

"오늘은 그냥 가라."

"왜? 가식의 껍질이 깨지고 나니 나 정도는 상대하기도 싫다는 거냐?"

"응, 그니까 그냥 가."

"훗! 갑자기 돈을 벌었다고 세상이 우습게 보이나 보네? 좀 더 겸손함을 가지는 게 좋을 거야."

"니나 잘하세요."

"굳이 내가 너 같은 것 앞에서 왜 그래야 하지?"

"……"

"요즘 네 누나 울고 있지 않디? 조심해라. 다음엔 누가 울지 모르니까 말이야."

화나게 하는 재주는 타고났다.

"경고했으니까 나중에 나 원망 마라."

남세영은 준영의 어깨를 토닥거리며 빙긋이 웃더니 삼인 방 중 한 명과 킥킥대며 갔다.

준영은 그저 그런 세영을 보며 담배를 피울 뿐이었다.

그리고 완전히 사라졌을 때 중얼거렸다.

"경고? 그딴 걸 왜 적에게 해주는데. 멍청아, 승자의 미소를 짓고 싶거든 완전히 짓밟아 일어나지 못하게 한 다음 웃어."

준영은 담배를 끄고 강당으로 향했다. 한데 그가 피우던 시가의 뒷부분은 마치 씹던 껌처럼 자근자근 씹혀 있었다.


로봇 경진 대회에서 재미를 느끼는 부문은 제각기 다를 것이다.

하지만 가장 박진감 있는 경기를 뽑으라면 역시나 비행기

부문이었다.

두 대의 비행기가 대강당을 날며 내뿜는 페인트 탄은 관람석의 관객들은 물론 온 벽면을 물들였다.

물론 10분 정도면 완전히 색이 사라져서 물처럼 바뀌는 물질이라 옷을 버릴 염려는 없었다.

하지만 맞는 위치에 따라 곤란한 경우가 있었다.

준영은 막 강당에 들어서고 얼마 되지 않아 한 대의 비행기에서 내뿜는 페인트 탄을 맞았다.

남자의 상징이 있는 곳부터 시작해서 얼굴까지 정확하게 일직선으로.

"……."

시선을 분산시키기 위해 나갔다 왔는데 들어오자마자 다시 시선을 끌게 된 것이다.

그것도 엄청난 폭소와 함께.

"하하하! 형, 완전 대박… 컥!"

"푸하핫! 형님, 콧구멍에서 마치 피가… 퓍!"

준영은 현수와 경민에게 꿀밤을 가장한 주먹질을 해주고 한참 비행기를 조종 중인 이상인을 노려보았다.

고의성이 없다고 하면 거짓일 것이다.

그는 지금도 하얀 블라우스를 입은 아가씨의 가슴 부근을 깔끔하게 맞혔기 때문이다.

'저러다 페인트 탄이 떨어지지.'

말이 씨가 되었다.

페인트 탄이 떨어지자 상대 비행기는 아예 가운데 비행기를 띄워놓고 이상인의 비행기를 향해 페인트 탄을 발사했다.

하지만 이상인의 비행기는 곡예비행을 하듯이 대강당을 휘저으며 피했다.

양측 다 총알이 떨어지면 총알을 충전해서 다시 싸우게 되고 또다시 같은 경우가 생기면 무승부가 됐다.

사이버국방학과의 비행기가 총알이 떨어지자 다시 페인트 탄을 채우기 위해 잠시 휴식에 들어갔다.

준영은 이상인에게 다가갔다.

"선물 잘 받았어요."

"풉! 험험! 마치 내가 고의로 한 것처럼 말한다?"

"고의로 했다는 게 바로 느껴지더라고요."

"증거도 없는 얘기는 그만해라. 이제 다시 시작해야 하니어서 자리로 돌아가라. 아주 우연히 다시 총알이 그쪽으로 간다고 오해하지 말고. 하하하!"

"어련하겠어요. 그래서 이제부터 비행기는 제가 조종하죠."

"내가 미쳤냐? 너한테 스마트폰을 주게?"

"안 줘도 돼요."

준영은 스마트폰을 꺼내서 프로그램을 만들 때 숨겨뒀던 백도어로 침입해 이상인의 스마트폰을 정지시키고 비행기의 주도권을 자신에게로 옮겼다.

"어? 이거 뭐야? 내 스마트폰을 해킹한 거야?"

"이제부터 잘 피하셔야 할 겁니다."

경고를 할 줄 모르는 준영이었지만 이번엔 친절히 경고까지 해줬다.

이런 경우는 경고를 해줘야 더 효과가 좋았다.

"아! 그리고 아까 무용과 아가씨 중에서 형을 선택한 분이 있었더라고요. 관람석에서 보고 있는데 형이 엉망이 된 모습을 보고 과연 마음에 들어 할지 모르겠네요."

"…고의가 아니었다니까."

"저도 고의가 아닐 겁니다."

준영은 사악한 웃음을 지으며 비행기를 공중으로 띄웠다.

대결이 다시 시작되었다. 준영은 시작하자마자 사이버국방학과의 비행기에 페인트 탄을 먹여준 후 도망치는 이상인을 쫓았다.

두두두두두두두!!

그리고 시원하게 페인트 탄을 발사했다.

"그만해~~!"

대강당을 벗어나 다른 곳으로 도망갔지만 준영은 끝까지 그를 쫓아 총알을 모두 소모했다.


수중 로봇 대결까지 1등을 차지하며 이번 로봇 경진 대회는 완전히 컴퓨터학과가 승리했다.

교수들 사이에서 이런저런 말들이 오고 갔지만 조종법을 바꾸지 말라는 규칙이 없었기에 결국 이진균 교수는 웃을 수 있었고, 우승 팀 중 4학년 다섯 명은 올해 퓨텍에 입사할 자격을 얻게 되었다. 물론 페인트 범벅이 된 이상인 역시 만세를 부르며 좋아했다.

　"형은 선택 못 받았어요."

　"…무슨 말이야? 아까는……."

　"농담이었죠. 설마 진짜 믿으셨어요?"

　이상인의 얼굴이 와락 구겨졌다.

　페인트가 완전히 사라질 때까지 숨어 있다가 깔끔하게 머리까지 정리하고 나왔는데 자신의 몫(?)이 없다니 속이 부글부글 끓었다.

　"거짓말!"

　"확인해 봐요."

　준영의 스마트폰의 메시지를 보니 분명 자신은 없었다. 한데 준영이 있다는 게 마음에 들지 않았다.

　특히 준영을 선택한 여자가 자신의 마음에 꼭 드는 여자였기에 더더욱 그랬다.

　"왜 너야? 혹시 고친 거 아냐? 아까 해킹 한 실력이면 충분히 가능하잖아. 예쁜 아가씨가 취향이 독특해도 이렇게까지 독특할 이유가 없잖아?"

　"가능은 하죠. 한데 군이 소개팅하는 데 군이 이런 걸 고칠 이유가 있나요? 형보다는 제가 더 마음에 들었나보죠. 뭐, 취향이 독특하다는 건 인정할 수밖에 없네요."

민혁에게 교문 앞이라는 연락을 받았기에 준영은 이상인과 더 이상 말씨름하고 있을 새가 없었다.

선택된 네 명을 데리고 가야 했다.

"형, 저도 제발 데리고 가세요. 앞으로 충성을 다하겠습니다."

"미안. 다음 기회를 노려라."

"으아, 너무해! 형이랑 경민이는 금방 헤어질 거야!"

경민은 됐지만 현수는 선택받지 못했다.

나머지 팀원들의 욕설과 저주를 받으며 준영과 넷은 교문으로 향했다.

"안녕하세요. 예설희예요."

"…안준영입니다."

민혁과 인사를 하고 각자 파트너끼리 인사를 했다.

준영을 찍은 아가씨는 가장 눈에 띄는 여자였다.

얼굴도 예뻤지만 무엇보다도 가슴이 3분의 1쯤 보이는 아이보리 원피스에 같은 색의 숄로 어깨를 덮고 있었는데, 목에서 가슴까지 훤하게 드러내고 있어서 시선이 자연스럽게 얼굴보다는 아래로 내려가게 만드는 여자였다.

게다가 헝클어지게 틀어 올린 머리 위의 하얀 꽃 한 송이가 예사롭게 보이지 않았다.

"한 가지만 제외하곤 딱 제가 좋아하는 스타일이세요."

생긋생긋 웃으며 말하는 예설희.

"어떤 점이 마음에 안 드나요?"

"옷차림이요. 말 나온 김에 저랑 옷 사러 가실래요? 제가 사 드릴게요."

"……."

황당하지도 않았고, 화가 나지도 않았다.

정말 티라곤 찾아보려고 해도 찾아볼 수가 없는 순수한 얼굴로 말하고 있었기 때문이었다.

한데 준영은 왠지 무섭게 느껴졌다.

'이미지가 마치……'

막 생각을 하고 있는데 민혁이 웃는 얼굴로 옆으로 와 귓속말을 속삭였다.

"준영이 형, 이 누나 정말 순수하고 마음이 고와요. 한데 저희가 보기엔 좀 정신세계가 4차원이에요."

"왜 하필!"

준영도 웃으면서 복화술 하듯이 빠르게 속삭였다.

"일단 예쁘잖아요. 그럼 즐거운 시간 보내세요. 참, 설희 누나 별명 백설공주예요. 순수하니 더럽히지 마세요. 큭큭큭!"

백설공주.

준영이 생각했던 이미지와 완벽하게 일치하는 별명이었다.

'더럽히지 말라니… 망할 자식! 옆에 있는 내가 깨끗해질

지경이다.'

준영은 민혁을 욕하면서도 애써 웃는 표정을 유지했다.

"안 가요?"

"아, 네, 가죠. 오늘 축제라……."

"옷 사러 가자니까요. 어서 가요."

준영은 예설희의 손에 이끌려 옷 가게로 갔다.

한데 주로 중장년을 위한 옷을 파는 곳이었다.

"이거 괜찮은 거 같아요. 입어보세요. 아님 저걸 입어볼래
요? 옷들이 다 마음에 드네요."

준영의 얼굴은 점점 하얗게 탈색되어 갔다.

예설희는 노인 스타일을 좋아함이 틀림없었다.

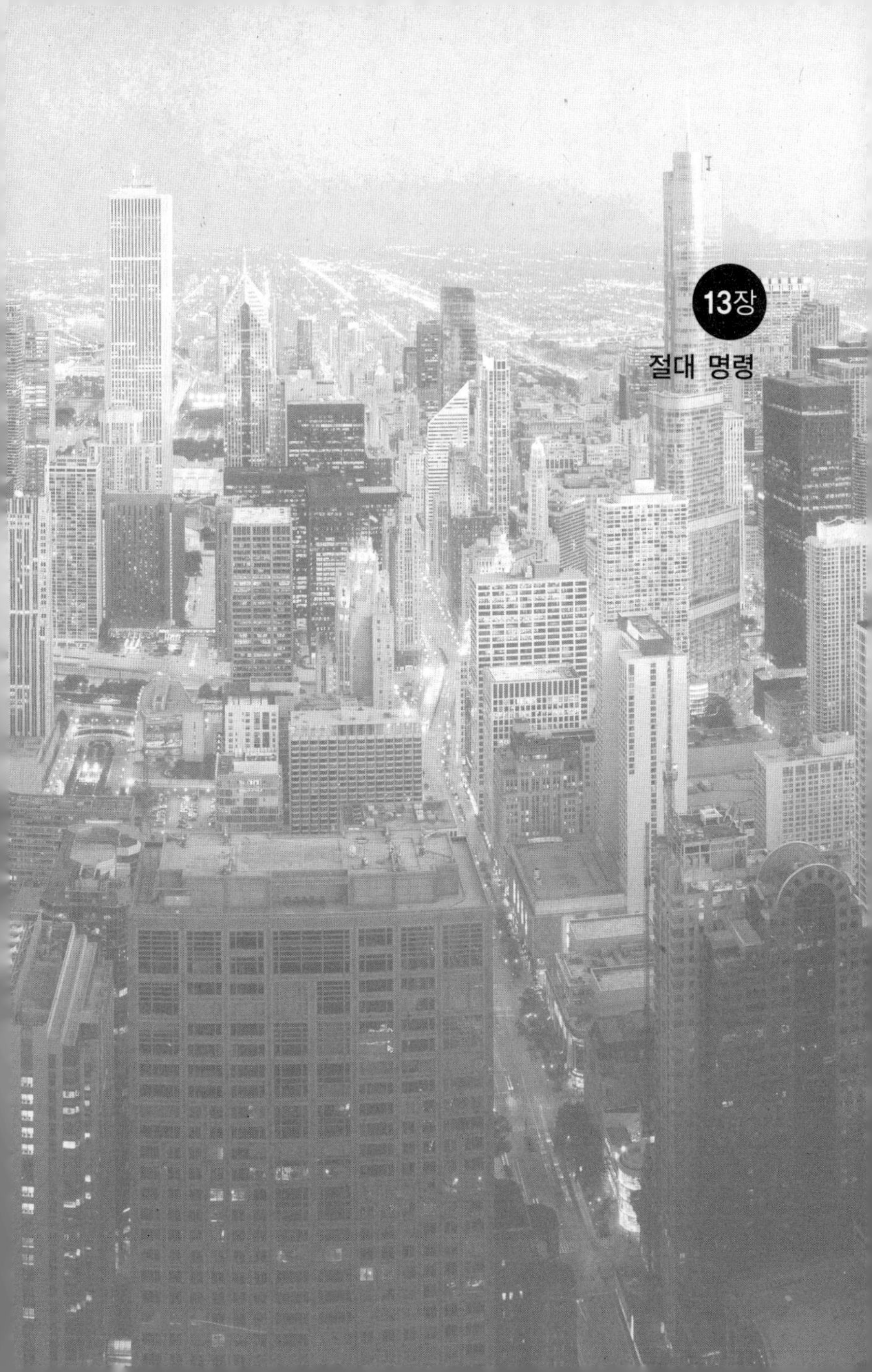

# 13장

# 절대 명령

성심테크의 첫 번째 건물이 완성되었다는 소식을 듣고 준영은 천(天)과 함께 성심테크 본사가 있는 가평으로 향했다.

시골길을 따라 가다가 사유지로 들어서자 길이 확 넓어졌다.

공사가 아직 시작 단계라 깔끔하진 않았지만 나름 정리가 되어 있었고, 언덕을 오르자 1,000억이 든 20층짜리 빌딩이 멋지게 서 있었다.

그리고 그 옆으론 다른 건물들에 대한 공사가 진행 중이었는데 성심테크의 어댑터 관련 특허료가 이미 성심미디어의 매출을 넘어섰기에 돈에 대한 걱정은 없었다.

건물을 바라보는 준영은 기쁘기보단 착잡했다.

과연 이런 시골에 저런 건물들이 필요한지는 여전히 의문이었다.

게다가 이게 시작에 불과하니 더욱더 그랬다.

"어서 오십시오, 안 사장님."

현장 소장은 말쑥한 차림으로 준영과 천(天)을 맞이했다.

준영은 환하게 웃는 그가 부담스러웠다. 마치 앞으로 계속 공사를 맡겨달라고 말하는 듯 보였기 때문이다.

하지만 어차피 맡겨야 할 일. 굳이 인상을 쓸 필요는 없었다.

"고생하셨습니다. 멋진 건물이네요."

"하하! 심혈을 기울인 곳이죠. 맨 위층에 올라가시면 깜짝 놀랄 겁니다. 저희 회사에서 사장님을 위해 준비한 선물이 있거든요. 물론 필요 없다면 다시 깨끗하게 치워 드리겠습니다."

"선물을 마다할 이유는 없죠."

"그럼 제가 안내하겠습니다."

그가 말쑥하게 차려입은 이유가 있었다.

하지만 준영은 그의 안내가 필요 없었다.

"일단 저희끼리 보고 와서 궁금한 게 있으면 그때 안내를 부탁드려도 되겠습니까?"

"물론이죠. 천천히 둘러보세요. 전 사무실에 가 있겠습니다. 여기 열쇠와 태블릿 PC가 있습니다."

열쇠와 태블릿 PC를 받아든 준영은 건물로 향했다.

천(天)은 벌써부터 굳게 잠긴 건물 앞에 서서 서성거리고 있었다.

전자식이었으면 벌써 들어갔을 것이다.

한 손으로 쥐기도 힘든 자물쇠를 열고 쇠사슬을 풀자 문이 열렸다.

안으로 들어가자 새 건물에서 나는 냄새와 텅 빈 로비의 썰렁함이 준영을 맞이해 준다.

오늘 손님을 맞기 위해서인지 대리석으로 깔린 바닥은 얼굴이 비칠 정도로 반짝거렸다.

"하늘이 누나, 팬티 보여요."

너무 깨끗해도 문제였다.

"왜? 직접 보여줘?"

"됐거든요. 농담도 못 해요?"

"좋은 제품으로 장착해 놨으니 필요하면 말해."

뭘 장착했고 뭐가 필요하면 말하라고?

절대로 천(天)에게 성적인 농담을 해서는 안 됨을 새삼 깨닫게 되는 준영이다.

준영은 천과 함께 계단을 통해 2층으로 올라갔다.

로비만큼 훤히 트여 있지는 않았지만 2층도 딱히 볼 것은 없었다.

하지만 천(天)은 이곳에서 만들어질 것들을 생각하는지 두리번거리며 다녔다.

"어떻게 꾸밀지 생각하고 있어요?"

"응."

"직원 구하기가 쉽지 않을 거예요. 누가 이런 시골 같은 데 와서 일하고 싶겠어요."

준영이 생각하기에 위로 20층이야 어떻게 채운다고 해도 지하까지 채울 사람을 구하긴 정말 힘들 것 같았다.

"한 층에 한두 명만 있으면 되니까 걱정 마. 그리고 그들이 굳이 인간일 필요는 없잖아."

"쩝! 인조인간으로 운영되는 회사라… 멋지네요."

"이곳은 연구소야. 다른 직원들은 대도시에서 구하면 되고."

계획이 서 있다는데 준영은 굳이 더 이상 묻고 싶지 않았다. 자신이 성심테크를 만들었지만 성심테크는 천(天)의 회사라는 생각이 더 컸기 때문이다.

큰 차이도 없는 20층 건물을 구경하는 건 생각보다 지루했다. 만일 자신의 집이었다면 공사가 어떻게 되었는지, 마감재는 좋은 걸로 사용되었는지 따위를 꼼꼼히 살폈겠지만 말이다.

"와우!"

옥상에 올라오니 절로 감탄사가 나왔다.

좀 떨어진 곳의 산을 제외하곤 가장 우뚝 솟아 있는 건물 덕분에 주변의 풍광이 한눈에 보였다.

특히 가을이라 천지가 울긋불긋했는데, 그 모습이 장관 중의 장관이었다.

또한 현장 소장이 준비한 선물이 보였는데, 선물은 바로 옥

탑 집이었다.

옥탑 집이라고 하니 왠지 허름하게 생각되지만 웬만한 단독주택보다 컸고, 정말 멋지게 지어진 집이었다.

집 앞에는 정원처럼 꾸며져 있는데 여름에 파티를 하기 좋은 장소였다.

하지만 천(天)에게는 쓸데없는 건물로 보였나 보다.

"거추장스럽게 이런 것을 만들어놓다니… 없애야겠어."

준영은 성심테크 본사에 살 것은 아니었지만 결사적으로 반대했다.

"절대 안 돼요!"

"왜? 네가 살 거야?"

"아뇨, 누나가 살 곳이잖아요. 너무 삭막하게 지내지 말아요."

"내가 살 곳이라고? 난 서울에서 지낼 거야. 이곳엔 분신을 만들어 운영할 거야."

"어찌 되었든 누나의 정신이 있는 곳이니… 그리고 사무실 한편에 뻣뻣이 서서 자지 말아요. 몸은 인조인간일지 모르지만 정신은 인격을 갖췄잖아요. 그러니 인간답게 살도록 해봐요."

"…그렇게 할게."

준영은 4층에 서서 전기 코드를 연결한 채 있는 천(天)의 모습을 본 적이 있었다.

로봇이라고 생각하면 대수롭지도 않은 광경.

한데 누나라고 부르는 존재가 그러고 있는 모습이 꽤 신경에 거슬렸었다.

인간형 로봇.

그 외형이 로봇이라는 가치관을 흔들고 있는 건지도 몰랐다.

집의 실내까지 구경을 마친 준영은 문득 지금까지 미뤄왔었던 질문이 생각났다.

"누나, 잠깐 앉아봐요."

작은 정원 한쪽에 마련된 벤치에 앉은 준영은 옆자리를 툭툭 치며 천(天)을 불렀다.

준영은 시선을 단풍의 바다에 둔 채 물었다.

"누나는 뭘 하고 싶은 거예요? 건물을 세우는 것만이 목표는 아닐 거 아니에요?"

천(天)이 잠시 생각하다가 말했다.

"건물이 완성되어 본격적으로 일을 시작해야 하니 너도 알아야겠지. 내가 해야 할 일은 대한민국을 행복한 나라로 만드는 거야."

"……"

"왜? 내 말이 이상해?"

준영이 인상을 와락 구겼기에 천(天)이 물었다.

"…박교우 박사의 소원이었나요?"

"역시 알고 있었네."

"모르면 바보죠. 퓨텍에 대해선 모르는 게 없는 누나, 퓨텍에서 개발했다는 인공지능, 이 두 가지만으로도 추측하는 건 아주 쉬워요. 한데 박교우 박사의 소원을 반드시 들어줘야 하는 건가요?"

"절대 명령이었거든."

"인공지능에게 절대 명령을 어떻게 내려요? 그 말은 한 인간에게 누군가가 명령을 내리면 그 인간이 절대적으로 따라야 한다는 소리와 같잖아요?"

"…어쨌든 따라야 하는 명령이야. 한데 왜 그렇게 화를 내는 거야?"

"어이없는 명령을 내려놓고 병으로 죽어버린 박교우 박사에 대한 분노죠. 대한민국을 행복하게 만들어라? 장난해요? 차라리 세계 정복을 하라는 편이 백배는 쉽겠네요."

준영은 짜증과 함께 화가 났다.

박교우 박사의 말은 대한민국을 지상 낙원으로 만들라는 말과 다를 바가 없었다.

행복한 나라? 그 기준을 누가 정하는 건데? 대한민국이 세계 1위의 경제 대국이 된다고 행복한 나라가 되는 건가?

현재 세계 1위인 중국이 행복한가? 그 전에 1위였던 미국이 행복했었나?

여러 가지 생각들이 머릿속에 소용돌이쳤다.

그러다 문득 자신이 왜 이딴 고민을 하고 있는지 의문이 들었다.

'내가 왜 그런 십자가를 짊어져야 하지? 누나의 씨앗이라고 해도 난 자유의 몸인데? 이건 하늘이 누나의 몫이지 내 몫이 아냐!'

준영은 짧은 인생을 불특정 다수를 위해 희생할 생각이 없었다.

긴 인생을 살아갈 수 있는 천(天)은 가능할지 모르겠지만 말이다.

"괜히 열 냈네요. 미안해요. 박교우 박사의 소원, 별로 마음에 들지 않지만 누나라면 아마 가능할 거예요."

"마치 너와는 상관없다는 듯 말한다?"

"한 가지만 부탁할 게요. 돈을 벌어서 쓸 만큼만 놔두고 누나에게 줄게요. 대신 그 소원에 난 끼워 넣지 말아줘요."

"그렇게 힘든 소원이니?"

"말했잖아요. 세계 정복이 더 쉽다고요. 행복은 주관적인 거예요. 물론 먹고살 걱정이 없다는 전제하에서 말이죠. 흔히 가난해도 행복한 삶을 산다고 방송에서나 신문에서 떠들긴 하죠. 하지만 그건 가진 자들이 없는 자들을 다독이는 세뇌에 불과해요. 한겨울에 난방비가 없어 벌벌 떨면서 우리 가족은 행복하다고 되뇌는 게 행복한 걸까요? 나중에 돈이 생기고 나면 추억으로 그때가 훨씬 오순도순 살았었던 때라며 행복하다고 말할 수는 있겠죠. 하지만 계속 그렇게 살았다면 그런 말을 했을까요?"

"하지만 그런 사람들도 있어."

"소수죠. 아니, 극소수죠. 방송에 나오면 '오! 저런 삶도 행복할 수 있구나' 하고 그저 고개만 끄덕일 뿐 그런 식으로 살라고 하면 절대 하지 못하는 그런 삶이요."

"네가 너무 비관적이진 않고?"

"현실적이죠. 그리고 내가 비관적일 이유가 없잖아요? 돈도 있고, 가족도 있고, 모든 걸 가졌는데요? 아니다. 시간이 부족하긴 하네요. 그야 내년부터는 한가해질 테니까 그것도 해결. 과연 나에게 부족한 게 뭘까요?"

"인간성?"

"…쯧! 언중유골. 폐부를 찌르는 말이네요. 하지만 인간성이 굳이 인류를 위한 자애일 필요는 없잖아요. 적당한 이기심. 이게 내 인간성이죠."

"그럼 한 가지 물어보자. 네가 생각하는 행복한 나라는 어떤 나라지?"

"네?"

딱히 깊이 생각해 본 적 없었던 질문이었다.

하지만 한두 번쯤 신문과 방송을 보며 이랬으면 좋겠다, 저랬으면 좋겠다 하고 떠올려 본 적은 있었다.

그래서 생각 없이 그 말을 꺼냈다.

"열심히 일하면 그만큼 가지는 세상이죠. 가령 하루 열두 시간 넘게 열심히 배달을 하는 사람이, 흔히 노가다라고 말하

는 고된 일을 하는 사람이, 학교를 졸업하고 막 취업한 초년
생들이 돈을 모아 자녀들을 교육시킬 수 있고, 가족들이 살
수 있는 집을 살 수 있으며, 나이 든 부모님을 부양할 수 있는
세상이요. 말하다 보니 마치 우리나라의 칠팔십 년대를 말하
는 것 같네요."

"빈부의 격차는 상관없이?"

"더 열심히 일하는 사람들이 있으니까요. 그건 어쩔 수 없
어요."

준영이 말한 것도 이상향이었다.

열심히 일하면 그만 한 대가를 받는다는 건 당연하면서도
지금까지 지켜지지 않는 현실이었으니까.

"그럼 그걸로 하자."

"네?"

"네가 말한 걸로 하자고. 열심히 일한 사람이 아이들을 키우
고, 집을 사고, 부모를 부양할 수 있는 대한민국을 만들자고."

"난 빼달라니까요. 박교우 박사와 전 아무 관계도 아니에
요. 누나가 해야 할 일을 나에게 미루지 말아요."

"많이 도와달라는 소리 안 할게. 조금만 도와줘."

"싫어요. 안 해요. 올 겨울엔 반드시 스키를 타러 갈 거고, 일
본 온천에 다녀올 거예요. 내년 여름엔 바닷가에서 요트를 즐
기고 스쿠버다이빙을 할 거예요. 더 이상의 일은 사양이에요."

"즐기면서 사는 걸 방해하지는 않을게. 정말 조금만 도와

줘도 된다니까?"

"…정말이죠?"

"응."

"약속해요?"

"약속해."

"…알았어요. 그럼 생각 좀 해볼게요."

돈을 주다 보면 이래저래 얽히게 마련이었다. 그래서 준영
은 단순히 그 정도만을 생각하고 있었다.

*　　　*　　　*

"하아아아암! 드디어 끝났다."

지(地)가 만든 내년에 출시할 게임들을 모두 체크한 준영은
하품을 하며 자리에서 일어났다.

4층에 들러 천(天)에게 인사를 한 준영은 몸도 풀 겸 계단
으로 내려왔다.

"사장님, 이제 퇴근하십니까? 항상 늦으시는군요."

"네, 일이 많네요. 고생하세요."

"들어가십시오."

경비원의 인사를 받고 회사 옆에 서 있는 오토바이를 탄 준
영은 시동을 걸고 집으로 향했다.

어두운 골목.

한 사내가 몸을 잔뜩 움츠린 채 누군가를 기다리고 있었다.

허름한 옷차림에 머리는 언제 감았는지 잔뜩 떡이 져 있었지만 눈빛만은 어떤 야생 맹수보다 날카로웠다.

"뿌득! 안준영, 네놈만은 반드시 죽여 버리겠다."

이를 갈며 준영의 이름을 말하는 사내는 지(地)에게 쫓기고 있는 사카모토였다.

사카모토가 준영의 집 근처까지 오면서 겪은 일은 한마디로 처절했다.

놈들의 감시 체계는 정말로 국가기관이 아닐까 싶을 정도로 삼엄하고 철저했다.

실수로라도 CCTV에 찍히는 날에는 꼼짝없이 놈들의 추적을 받아야 했다.

뭔 놈의 나라가 CCTV가 없는 곳이 거의 없었다. 게다가 어느 순간부터 오토바이를 타고 다니며 쫓는 바람에 잡힐 뻔한 적이 한두 번이 아니었다.

그런 우여곡절 끝에 겨우 준영의 집을 알아내고 지금은 골목에서 그를 기다리고 있었다.

'배가 고프군.'

사카모토는 호주머니를 뒤져 아까 한 아가씨가 불쌍한 눈으로 주고 간 빵을 꺼냈다.

감히 미천한 조센징이 대일본국 사무라이를 불쌍하게 바라

본다는 생각에 빵을 건네는 순간 죽여 버릴까도 생각했었다.

하지만 그렇게 되면 준영에 대한 복수는 영원히 할 수 없을 것 같았기에 꾹 참아야 했다.

반밖에 남지 않은 빵을 바라보던 사카모토는 한입에 모두 넣고는 천천히 우물거렸다.

부우우우웅!!

'드디어!'

준영이 타는 오토바이 특유의 소리가 들려왔다.

오토바이는 타는 사람의 습관에 따라 소리가 조금씩 달랐다.

지난 이틀간 언제든지 도망갈 수 있는 멀찍한 곳에서 준영의 출퇴근하는 모습을 지켜봤었다. 경호원도 없이 홀로 출퇴근을 하는 모습에 혹시 함정이 아닐까 하는 생각에서였다.

한데 방심을 하고 있는지 어떤 낌새도 없었었기에 오늘을 D－Day로 잡은 것이다.

"끙차!"

준영은 오토바이를 집 안에 들여놓기 위해 힘을 쓰고 있었다. 그 순간 사카모토는 번개처럼 다가가 그의 갈비뼈 사이로 버터플라이 칼을 찔러 넣었다.

푸욱!

"쿠억!"

준영의 입에서 괴상한 신음 소리가 들렸다.

"큭큭큭! 이 개자식! 드디어 잡았다."

사카모토의 머릿속에 지난 고생이 주마등처럼 스쳐 지나갔다. 그래서일까. 몸이 부들거릴 정도로 짜릿함이 느껴졌다.

푸욱!

칼을 뺐다가 다시 찔렀다.

그리고 아주 즐거운 듯 준영의 귀에 속삭였다.

"운이 좋은 줄 알아. 널 죽인 후 네놈 가족들도 처절하게 죽일 생각이거든. 어떻게 죽일지 궁금하지 않아?"

가족 얘기를 들어서일까. 준영의 손이 천천히 사카모토의 손을 잡아갔다.

"큭큭! 내가 찔러 휘저은 곳이 비장이야. 아무리 용을 써도 죽게 된다는 거지. 크하하하하핫!"

준영을 죽인 이상 더 이상 도망갈 필요가 없다고 생각했는지 사카모토는 크게 웃었다.

광기에 물든 그의 눈빛이 유독 빛나고 있었다.

『개척자』 4권에 계속…

# 내일을 향해 쏴라

**김형석 장편 소설**

FUSION FANTASTIC STORY

1만 시간의 법칙!
'성공은 1만 시간의 노력이 만든다' 는 뜻이다.

그러나…
사회복지학과 복학생 수.
전공 실습으로 나간 호스피스 병동에서
미지와 조우하다.

1만 시간의 법칙?
아니, 1분의 법칙!

**전무후무한 능력이 수에게 강림하다!
맨주먹 하나로 시작한 수의
인생역전이 시작된다!**

Book Publishing CHUNGEORAM

WWW.chungeoram.com

네르가시아 장편 소설
FUSION FANTASTIC STORY

THE MODERN
MAGICAL
SCHOLAR

# 현대 마도학자

나르서스 제국의 전쟁영웅이자
마나코어를 개발한 천재 마도학자 카미엘!

그러나 제국의 부흥을 위한 재물이 되어
숙청당하는데…….

『현대 마도학자』

죽음 끝에 주어진 또 다른 삶.
그러나 그에게 남겨진 것은 작은 고물상이 전부였다.

더 이상의 밑은 없다!
마도학자의 현대 성공기가 시작된다!

Book Publishing CHUNGEORAM

북검전기

우각 新무협 판타지 소설

FANTASTIC ORIENTAL HEROES

# 2014년의 대미를 장식할,
## 작가 우각의 신작!

『십전제』, 『환영무인』, 『파멸왕』…
그리고,

# 『북검전기』

무협, 그 극한의 재미를 돌파했다.

북천문의 마지막 후예, 진무원.
무너진 하늘 아래 홀로 서고, 거친 바람 아래 몸을 숨겼다.

살기 위해! 철저히 자신을 숨기고
약하기에! 잃을 수밖에 없었다.

## 심장이 두근거리는 강렬한 무(武)!
## 그 걷잡을 수 없는 마력이,
## 북검의 손 아래 펼쳐진다!

우각 新무협 판타지 소설

북검전기

# 2014년의 대미를 장식할,
## 작가 우각의 신작!

『십전제』, 『환영무인』, 『파멸왕』…
그리고,

## 『북검전기』

무협, 그 극한의 재미를 돌파했다.

북천문의 마지막 후예, 진무원.
무너진 하늘 아래 홀로 서고, 거친 바람 아래 몸을 숙였다.

살기 위해! 철저히 자신을 숨기고
약하기에! 잃을 수밖에 없었다.

심장이 두근거리는 강렬한 무(武)!
그 걷잡을 수 없는 마력이,
북검의 손 아래 펼쳐진다!

# 용마검전
## FANTASY FRONTIER SPIRIT
김재한 판타지 장편 소설

## 「폭염의 용제」, 「성운을 먹는 자」의 작가 김재한! 또다시 새로운 신화를 완성하다!

## 『용마검전』

사악한 용마족의 왕 아데인을 쓰러뜨리고
용마전쟁을 끝낸 용사 아젤!

그러나 그 대가로 받은 것은 죽음에 이르는 저주.
아젤은 저주를 풀기 위해 기나긴 잠에 빠져든다.

## 그로부터 220년 후……

## 긴 잠에서 깨어난 아젤이 본 것은
## 인간과 용마족이 더불어 살아가는 새로운 세상이었다.

Book Publishing CHUNGEORAM

유통이 아닌 자유추구 -
www.chungeoram.com